Angela Kurylas

ICH HABE EINEN VOGEL!

Die Geschichte eines zahmen, wilden Eichelhähers

Angela Kurylas

ICH HABE EINEN VOGEL!

Die Geschichte eines zahmen, wilden Eichelhähers

ISENSEE VERLAG
OLDENBURG

für meine

menschliche und tierische

Familie

Abbildungen auf dem Umschlag: Nils-Lasse Schneider

Bibliografische Information Der Deutschen Bibliothek
Die Deutsche Bibliothek verzeichnet diese Publikation in der Deutschen Nationalbibliografie; detaillierte bibliografische Daten sind im Internet über <http://dnd.ddb.de> abrufbar.

ISBN 978-3-89995-776-1

Gedruckt bei Isensee in Oldenburg

Prolog

Eichelhäher, *Garrulus glandarius*, spirituelle Bedeutung: „Fähigkeit, zukünftige Schwierigkeiten zu erkennen, Mut, Verstehen, wie man Macht weise ausübt, Warnung, Wächter des Waldes“ [1]

Eine Biologin nimmt sich fünf verwaister Eichelhäherküken an. Während sie zwei sehr bald wieder in die Freiheit entlassen kann, machen ihr die übrigen drei Küken große Sorgen. Nur einer, Rocky, überlebt. Sie gibt ihre ganze Energie und Hoffnung in die Aufzucht und anschließende Auswilderung.

Schon ein Jahr zuvor hatten sie und ihr Freund den Eichelhäher Kalle aufgezogen, so dass nicht nur ihr Wissen als Biologin, sondern auch die Erfahrungen mit Kalle eine große Hilfe waren. Kalle ist allerdings kein richtiger Wildvogel geworden, sondern eher ein Pechvogel, der gleich mehrere Unfälle erlitt und deswegen viel zu lange in menschlicher Obhut bleiben musste. So mauserte er sich zu einem zahmen, sprechenden und diverse tierische wie künstliche Geräusche imitierenden Eichelhäher, der viele Flausen im Kopf hat und dessen außergewöhnliche Geschichte das Interesse der Medien weckte.

Bereits in dem Jahr, als sie und ihr Freund Kalle großzogen, begann sie, ausgelöst durch eine Krankheit, damit, ihr Leben komplett neu zu gestalten. Auf der Suche nach der perfekten Lösung, um ihre verfahrene Beziehung zu retten, um ihre wahre Berufung zu finden oder um mit ihren chronischen Schmerzen und depressiven Stimmungen umzugehen, verstrickt sie sich jedoch immer mehr.

Rocky entwickelt sich derweil schneller als ihr lieb ist von dem drolligen unbeholfenen Waisen zu einem selbständigen Wildvogel. Recht bald wird ihr klar, dass es jetzt nicht nur darum geht, Rocky in die vermeintlich gefährliche Welt loszulassen, sondern dass es ihre eigenen Ängste sind, die es zu überwinden gilt. Kalle und

---

[1] www.yonascha.de

Rocky begleiten sie mit ihren Eskapaden durch ihre Höhen und Tiefen. Sie machen ihr Mut, sich ihrer Welt zu stellen, die sie mal grau wahrnimmt und dann wieder in leuchtenden Farben. Nicht zuletzt helfen sie ihr, das Chaos hinter sich zu lassen und das Ziel ihres Lebens zu finden. Erst als beide Eichelhäher sich für das freie Leben entscheiden, nimmt sie allen Mut zusammen und tut es ihnen gleich.

Fünf auf einen Streich

„Ich betrachte eine Mutter als eine Maschine, die so programmiert ist, dass sie alles in ihrer Macht stehende tut, um Kopien der in ihr eingeschlossenen Gene zu verbreiten.“

(Richard Dawkins: Das egoistische Gen[2])

Ohrenbetäubendes Gezeter. Krähen, Dohlen, Elstern und am deutlichsten herauszuhören: Alarmrufe von Eichelhähern. Blitzschnell habe ich all meine Sinne zusammen. Ein Blick auf den Wecker, der noch lange nicht vor hat zu klingeln, verrät mir, dass es erst fünf Uhr morgens ist. Ich springe besorgt auf und renne zum Bad. Erleichterung: Kalle sitzt friedlich auf der Badezimmertür. Aufgeplustert wie eine kleine Federkugel guckt er mich irritiert und auch etwas grimmig an, als würde er mich schelten, wie ich es nur wagen könne, ihn so früh in seinem Schlaf zu stören. Beruhigt lege ich mich wieder ins Bett, um wenigstens noch eine Stunde schlafen zu können.

Wenn der Herr dann nämlich um sechs Uhr ausgeschlafen sein wird, wird er als erstes Tagesgeschäft den Schreibtisch in unserem Schlafzimmer mit hektischer Betriebsamkeit nach seinen Vorstellungen aufräumen. Anschließend wird er auf der Schreibtischlampe ausgiebig und mit aufdringlichen, plastikähnlichen Geräuschen und Schnabelklappern sein Gefieder putzen. Schließlich wird er sich sein Frühstück in Form von Duzenden Mehlwürmern einverleiben und – abhängig vom Wetter – durch die stets extra für ihn geöffnete Balkontür hinausfliegen, um seine Abenteuer zu erleben. Im Falle von Regenwetter wird er jedoch weiterhin seinen Einfallsreichtum und seine Neugier unter anderem in Form von Bücherannabbern oder Münzenverstecken in der gesamten Wohnung ausleben.

---

[2] Dawkins, R: Das egoistische Gen. Spektrum Akademischer Verlag, Heidelberg, 2006

Trotz des weiter anhaltenden Geschreis aufgeregter Eichelhäher, Elstern und Dohlen, kann ich tatsächlich wieder einschlafen, schließlich ist Kalle in Sicherheit.

Gegen halb sieben verlasse ich noch etwas schläfrig die Wohnung, um mit meinem Golden-Retriever-Senior Chico unsere morgendliche Runde zu drehen. Doch wir kommen nicht weit. Von irgendwo her dringt ein leises, ängstliches, mir allzu gut bekanntes, krähenartiges Gequäke an mein Ohr. Neugierig versuche ich die Quelle des Geräusches zu orten und nähere mich auch offensichtlich an. Was mich allerdings irritiert ist, dass das Geräusch vom Boden kommt und nicht, wie zu erwarten wäre, aus einem Nest hoch oben in den Bäumen. Ich verdränge zunächst noch vehement die Möglichkeit, dass eines der Küken von Dude und Jay aus dem Nest gefallen sein könnte.

Wir hatten die einmalige Gelegenheit, von Anfang an beobachten zu können, wie das uns mittlerweile sehr vertraute Eichelhäherpaar Dude und Jay im Parterre des riesigen Kastanienbaums neben unserem Haus seine Jungen großzieht. Was, wenn dieses kleine Küken, dass da so kläglich jammert, der einzige Überlebende eines Nestraubs durch Elstern, Dohlen oder Krähen ist? Das würde zumindest das panische Geschrei der Eichelhäher von heute Morgen erklären.

Lange kann ich diesen furchtbaren Gedanken jedoch nicht mehr verdrängen. Denn da hockt der kleine verängstigte Kerl zu meinen Füßen. Presst sich voller Furcht an die Mauer des Nachbarhauses, nur wenig geschützt durch spärlichen Staudenbewuchs. Er macht zwar auf den ersten Blick einen gesunden Eindruck, kann aber offensichtlich noch nicht fliegen. Über ihm, auf der Regenrinne, lauern ihm bereits zwei Dohlen auf. In einem Comicstrip würde ihnen Speichel vom Schnabel tropfen, so gierig gucken sie auf ihr potentielles Frühstück hinab.

Was soll ich jetzt tun? Ihn da sitzen lassen und von diesen Aasgeiern auffressen lassen? Und das, nachdem ich bereits wochenlang um Dude und Jays Nachwuchs gebangt hatte? Sie hatten nämlich ein wirklich sehr provisorisches Nest gebaut, das aussah, als würde es beim nächsten Windhauch auseinander fallen.

Nein, ich kann das Küken da nicht einfach sitzen lassen. „Ich werde dich nur ein paar Tage füttern, bis du flattern kannst und dich dann wieder in den Garten aussetzen“, rechtfertige ich mein Tun.

Er wird damit nichts zu tun haben müssen. Nicht wie letztes Jahr. Als er sich nicht nur um mich, die mit Bandscheibenvorfall auf dem Wohnzimmerboden herumvegetierte, um meine Pferde und um Chico, sondern auch um den kleinen Unglücksraben, beziehungsweise Unglücks-Eichelhäher Kalle kümmerte. In jedem Fall würde dieser kleine Vogel ganz schnell wieder in die Freiheit ausgesetzt werden. Ihm würde nicht, wie bei Kalle damals, ein Unfall passieren. Er würde deshalb auch nicht viel zu lange in Menschenhand verbringen und als Folge davon zwischen zwei Welten leben.

Als Nick mich mit meinem kleinen Findling sieht, ist sein Gesichtsausdruck schwer einzuordnen. Ist es Mitleid? Etwa derart: „Oh je, der arme Kleine! Daher das Geschrei heute Morgen.“ Es könnte aber auch Genervtheit bedeuten: „Oh je, nicht schon wieder! Ein zweites Mal mache ich das nicht mit!“

Ich komme ihm schnell zuvor: „Ich kümmere mich um das Küken. Du wirst damit nichts zu tun haben.“ „Was ist, wenn du Termine hast? Du musst den jetzt einige Wochen stündlich füttern.“ „Ach quatsch! Guck mal, wie fit der Kleine ist. Der braucht doch höchstens drei Tage, bis er fliegen kann. Dann setze ich ihn wieder raus. Hätte ich ihn da einfach sitzen lassen sollen? Den Katzen und Krähen hilflos ausgeliefert?“

Natürlich nicht, er hätte genau das gleiche getan. Aber er sieht es als seinen Job, erst einmal alles in Frage zu stellen und die Nachteile und Probleme hervorzutun. Ich vermute, um sich emotional distanziert halten zu können. Aber innerlich ist er weich wie Butter.

Wir richten noch zusammen einen Karton ein, bevor Nick sich zur Arbeit verabschiedet. So wie damals für Kalle schneiden wir in eine Seite des Kartons eine große Öffnung. Dann kann das Küken in den Garten hinaus schauen, wenn wir den Karton an das Fenster stellen. Vielleicht können sogar seine Eltern ihr Küken vom Garten aus sehen und das Küken seine Eltern. Den Boden des

Kartons legen wir dick mit Zeitung und Zellstoffpapier aus, damit es weich und kuschelig sitzen kann. Auf jeden Fall ist dieser Karton sicherer und gemütlicher, als dieses Aushilfsnest von Dude und Jay im Kastanienbaum.

Der kleine Vogel sieht wirklich gesund und kräftig aus. Sein Gefieder ist bereits vollständig, seine Schwanzfedern circa drei Zentimeter lang und schön seidig und glänzend. Trotzdem wird er Hunger haben. Der Kühlschrank gibt leider gerade nichts Brauchbares für ein Rabenvogelküken her. Also weiche ich ein paar der speziellen Beo- und Häherkügelchen ein, um den Vogel zu versorgen.

Wir haben, seit Kalle wieder hier ist, immer einen Vorrat an diversen teuren Leckereien und Vitaminpräparaten speziell für Vögel, Mauserhilfen und den ganzen Schnickschnack. Was man eigentlich gar nicht braucht, das einem aber ein gutes Gefühl gibt, wenn man es im Haus hat. Der verwöhnte Kalle allerdings verschmäht diese Kügelchen konsequent, da sein Herz für Käse, Nüsse und Mehlwürmer schlägt.

Die ach so speziellen Häherkügelchen lehnt das kleine Küken dann aber auch ab. Soviel zu den teuren Markenprodukten. Also fahre ich los, um Hackfleisch, Kartoffeln, Eier und Quark zu besorgen.

Als ich bepackt mit meinem Einkauf wieder aus dem Auto steige, sehe ich gerade noch einen kleinen Vogel unter einem der anderen geparkten Autos verschwinden. Ich lasse erst einmal alles stehen und liegen und krieche unter das Auto, um das Küken aufzusammeln. Meine Rettungsaktion wird von fürchterlichem Geschrei seiner Eltern begleitet, die in unmittelbarer Nähe aufgeregt herumflattern und geradezu panisch ihren entsetzlich lauten Eichelhäheralarmruf von sich geben.

Das verängstigte Küken schützend in meinen Händen haltend, wende ich mich den Elterntieren zu, um sie zu beschwichtigen, beziehungsweise um mich selbst zu beruhigen. Da erkenne ich, dass sie bereits aufgeregt nach einem anderen Küken rufen. Konzentriert lausche ich ins Gebüsch, höre auch ein leises Krächzen. Aber beim besten Willen kann ich kein weiteres Eichelhäherküken entdecken.

Mein Kopf beginnt zu schwirren, wegen des Lärms, der mich nicht klar denken lässt und auch angesichts der Schwelle, die ich überschritten habe. Warum mische ich mich hier eigentlich ein? Bestimmt kommt diese Rabenvogelfamilie auch ohne mich zurecht. Aber wenn ich mich schon mittlerweile zweier Küken annehme, kann ich doch das dritte nicht einfach sich selbst überlassen. Zumal Dude und Jay auch überfordert zu sein scheinen. Ein bisschen habe ich auch das Gefühl, dass sie mir versuchen, anzuzeigen, wo das Kleine sitzt. Vielleicht bilde ich mir das aber auch nur ein.

„So, jetzt aber einen Schritt nach dem anderen", hole ich mich in die Situation zurück. Das zweite Küken setze ich erst einmal zu seinem Geschwisterchen in den Karton am Fenster. Danach renne ich wieder in den Garten und suche unter dem weiter anhaltenden Geschrei der Eltern das dritte Küken.

Hoffentlich sieht mich keiner, wie ich hier unter den Büschen herumkrieche und scheinbar auf Gespenster einrede. Nach mehreren Minuten vergeblichen Suchens flitze ich wieder hoch in die Wohnung, um Küken Nummer Eins und Zwei endlich zu versorgen, die nach all der Aufregung sicher großen Hunger haben. Einen Brei aus Hackfleisch, Quark und Vitaminen kann ich schon einmal anrühren, die Eier und Kartoffeln müssen erst noch fertig kochen.

Während ich die Beiden mit dem halbfertigen Brei stopfe, wobei sie sehr gut kooperieren, klingelt es an der Tür. Da ich den Briefträger erwarte, drücke ich nur den Türöffner und rufe die Treppe hinunter, er möge bitte herauf kommen. Stattdessen ruft eine mir unbekannte Frauenstimme entgegen, sie hätte hier einen jungen Eichelhäher. „Großartig! Jaja, hier hüpfen vielleicht noch mehr herum!" Mir fällt ein Stein vom Herzen: der Kleine, den ich eben nicht gefunden hatte, ist jetzt doch in Sicherheit. Die Frau guckt mich jedoch verständnislos an: „Den hier habe ich eben im Hochheider Weg gefunden..."

Ich bin verwirrt. Wie soll dieser kleine Vogel es nur geschafft haben, in so kurzer Zeit so weit weg zu hüpfen? Dieses Küken scheint viel schwächer als die anderen beiden und sein Gefieder ist viel dunkler. Aber trotz seines elenden, kümmerlichen und mickrigen Zustands sind sowohl seine Schwanzfedern als auch die Flügelfedern weiter entwickelt. Es wiegt fast nichts und fühlt sich an wie ein lebloses Wattebällchen. Ganz offensichtlich stammt es aus einem anderen Nest. Vielleicht ist das Kleine auch krank, hat Parasiten oder sonst was.

Schon ein klein wenig überfordert und meine Termine für heute bereits resigniert gestrichen, bereite ich einen zweiten Karton vor und stopfe den Kleinen mit einer Portion Superspezialbrei.

Bei ihm ist das leider nicht so einfach, wie bei seinen Artgenossen, die ihren Schnabel weit aufsperrten um den leckeren Brei zu schlucken. Der Neue hingegen wehrt sich, dreht den Kopf weg, presst den Schnabel zusammen und will einfach nicht schlucken. Schließlich gelingt es mir doch noch mit viel Geduld und zugegeben auch mit erheblichem Kraftaufwand, etwas in seinen Schnabel zu quetschen. Schnell einen Schluckreflex auslösen, indem ich mit einer Spritze mit Vitaminen angereichertes Wasser hinterher spüle.

Erleichtert atme ich auf und betrachte zufrieden und stolz alle drei Küken, die nun bestens versorgt sind. Da klingelt es wieder an der Tür. Die Dame von eben. Mit zwei weiteren kränkelnden Eichelhäherbabys in einem Schuhkarton.

Ich beschließe, jetzt besser nicht mehr zu denken, sondern stelle mein Gehirn auf „Automatik" ein. Denn mir ist klar: wenn ich jetzt meinen Verstand einschalte, fahre ich zum Tierarzt, lasse die drei schwächlichen Küken einschläfern, setze die anderen zwei in einen Baum und stecke meinen Kopf in den Sand.

Aber zum Glück kann ich eines ganz gut: meinen Verstand ausschalten und nur noch funktionieren. Ohne diesen Selbstschutzmechanismus hätte ich niemals meine Doktorarbeit abschließen oder diese Schmerzen letztes Jahr ertragen können. Es ist dann, als würde ich neben mir stehen und mir zugucken bei dem, was ich da tue.

Ich beobachte mich also dabei, wie ich die zwei Küken in die Hand nehme, auf Verletzungen untersuche und glücklicherweise keine finde. Danach füttere ich sie, was ähnlich schwierig ist, wie bei ihrem Geschwisterchen.

Mittlerweile sind die beiden ersten Küken auch wieder so weit, gefüttert zu werden.

So geht der Freitag dahin: Brei anrühren, Küken füttern, Karton sauber machen, Schreibtischarbeit, zwischendurch die Pferde versorgen, dem Hund Beachtung schenken, Brei anrühren, Küken füttern...

Am Abend sehen wir zusammen mit Nicks Arbeitskollegen und Freund Jo das WM-Spiel Deutschland gegen Serbien an. Jo macht einen leicht genervten Eindruck, weil unsere Aufmerksamkeit weniger dem Spiel, sondern den Vögeln, die unser Wohnzimmer belagern, gilt.

Besonders die Drei aus dem Hochheider Weg machen uns Sorgen. Nur einer von ihnen wirkt trotz des verschmutzten Gefieders und des halbverhungerten Zustands verhältnismäßig vital.

Später liegen wir völlig erschöpft im Bett. Der eine vom ganz normalen Arbeitsalltag, die andere vom Vogelmama-Spielen. Das Ganze überschattet von der Niederlage gegen Serbien – aber das ist mir ziemlich egal in diesem Moment. Ich atme tief ein und doppelt so lange wieder aus, da das entspannend und lösend wirken soll. „Fünf! An einem einzigen Tag!“

Da kommt wie auf ein Stichwort der sechste Eichelhäher durch die Balkontür herangesaust, um seinen allabendlichen Schlafplatz, die Badezimmertür, anzusteuern. Diese ist selbstverständlich immer extra weit geöffnet, damit er bequem Platz nehmen kann. Ein letztes drohendes Schnabelknappen in Richtung Schlafzimmer, mit dem Kalle uns signalisiert: „Ich schlafe jetzt, stört mich bitte nicht“. Aufplustern, Gähnen, Schnabel in die Flügel stecken.

Scheitern

Die Lebenslust hat nicht den Grund im bloßen Sein, im steten Werden liegt des Lebens Reiz allein.
(Friedrich Wilhelm Güll, 1812-1879)

Am nächsten Morgen werde ich um halb sechs von einem Rascheln im Karton geweckt. Im Halbschlaf stehe ich auf und füttere die Bande mit den Resten des Breies von gestern.

Während die zwei Küken von Dude und Jay gierig fressen, sich anschließend ordentlich putzen und blendend aussehen, machen inzwischen sogar Nick die Drei vom Hochheider Weg große Sorgen. Ihr verdrecktes, struppiges Gefieder lässt einen schonungslosen Blick auf ihren dürren Körper zu, von dem die Köpfe kraftlos herabhängen. Die Fütterung ist eine regelrechte Zwangsmaßnahme.

Haben sie eine Krankheit? Haben ihre Eltern sie aufgeben? Ist ihren Eltern möglicherweise etwas zugestoßen? Da ich all diese Fragen nicht beantworten kann, beschließe ich, einfach mein Bestes zu geben.

In einer Fütterungspause suche ich im Internet nach einem Buch oder irgendeiner brauchbaren Lektüre über Eichelhäheraufzucht, um mein spärliches Wissen etwas aufzufrischen. Nach langer Suche finde ich genau ein einziges Buch[3], dass ich mir natürlich gleich besorge in der Hoffnung, darin gute Ratschläge zu finden.

Mit einem gewöhnungsbedürftigen, altmodischen Schreibstil vermittelt dieses Buch auf langatmige Weise teilweise überholtes Wissen über Eichelhäher, das mir leider wenig weiter hilft. Zumindest finde ich eine weitere Bestätigung darin, wie dumm, herzlos und barbarisch Menschen sein können. Dort steht, dass die Rabenvögel optimalerweise bereits als frisch geschlüpfte Küken aus dem Nest genommen werden sollten, damit sie auch gut

---

[3] Keve, A: Der Eichelhäher. Spektrum Akademischer Verlag, Heidelberg, 1995

auf ihren Menschen geprägt werden könnten. Das ist zwar schon schlimm, aber das Folgende ist an Grausamkeit kaum zu überbieten. Früher war es wohl durchaus üblich, den wehrlosen Küken die Zunge in der Mitte einzuschneiden. Dadurch würden diese Vögel später besser und deutlicher die menschliche Sprache imitieren können. Immerhin scheint der Autor des Buches darüber ebenfalls entsetzt.

Ich entscheide mich dazu, weiterhin auf meine Intuition zu vertrauen und erinnere mich daran, dass ich selbst Biologin bin.

Obwohl Samstag ist, arbeitet Nick heute in der Uni, um seinen Vortrag für eine Tagung in den USA vorzubereiten. So bin ich mit meiner kleinen Vogelkolonie auf mich alleine gestellt. Aber ich habe schließlich versprochen, dass er nichts mit den Küken zu tun haben wird. Als ich das Versprechen gab, handelte es sich zwar nur um ein Küken und nicht um fünf, aber ich werde das schon schaffen – ich bin ja schließlich eine Frau!

Trotz meiner ehrgeizigen und aufopfernden Bemühungen wird der Schwächste aus dem Dreiernest zunehmend kraftloser. Ihn zu stopfen macht schon eine Weile keinen Sinn mehr. Das Wenige, das ich schließlich erfolgreich in seinen Schnabel quetsche, würgt er immer wieder hoch und spuckt es aus. Also braue ich ihm einen flüssigen Zaubertrank aus Proteinen, Vitaminen und Mineralien zusammen. Doch auch der fließt hartnäckig wieder zu seinem Schnabel hinaus, statt in seinem Magen zu landen.

Die Verzweiflung packt mich, weil mir langsam die Ideen ausgehen. Sein Kopf hängt nur noch schlaff zur Seite, er kann ihn aus eigener Kraft gar nicht mehr oben halten. Seine Augen sind halb geschlossen. Aber ich gebe den Kampf noch nicht auf! Ich werde ihn durchbringen!

Im Gegensatz zu ihm machen seine beiden Geschwister mittlerweile einen besseren Eindruck, schlucken das Futter gierig hinunter und gucken aufmerksam in der Gegend herum. Einer zeigt mir gegenüber sogar Abwehrverhalten, was ein gutes Zeichen dafür ist, dass er zu Kräften gekommen ist. Auch wenn es nicht sehr nett ist. Aber das spielt ja keine Rolle.

Nach einem weiteren misslungenen Fütterungsversuch setze ich das Sorgenkind wieder zu seinen Geschwistern. „Könnt ihr ihm nicht Mut machen? Könnt ihr ihm nicht sagen, er soll das Futter schlucken?“

Vielleicht hat er ja auch eine Verstopfung? Mir ist aufgefallen, dass er länger keinen Kot mehr abgesetzt hat. Was aber auch daran liegen könnte, dass er schon einige Zeit nichts mehr zu sich genommen hat.

Ich weiß nicht mehr weiter. Ich probiere es mit etwas Aspirin in Wasser aufgelöst. Aspirin hilft bekanntlich immer. Aber diesmal nicht.

Soll ich vielleicht doch zum Tierarzt fahren? Doch was kann der schon tun? Der wird ihn sicher einschläfern. Wäre vielleicht auch besser. Allerdings würde der Stress des Transports zur Tierklinik dem schwachen Küken sowieso den Rest geben. Und kein Tierarzt macht wegen eines Eichelhäherkükens einen Hausbesuch. Aber vielleicht hat der Kleine ja doch noch eine Chance?

Nach einer Weile trübsinniger und fruchtloser Gedanken hebe ich den Kleinen wieder in meine Hände.

Vor vielen Jahren, als junger Teenager, hatte ich meinen gelben Nymphensittich Leo auf diese Weise in die Hände genommen. Leo ging es aus irgendeinem Grund, den ich nicht erkennen konnte, sehr schlecht. Er war schwach, ließ den Kopf hängen und schien dem Sterben nah.

Aber Leo durfte nicht sterben. Leo war der coolste Vogel der Welt. Er flog immer frei in der Wohnung herum. Morgens landete er als erstes Tagesgeschäft neben meinem Kopf und weckte mich, indem er zärtlich an meinem Ohr und meinen Wimpern herum knabberte. Wurde ich dann endlich wach, ging die Schmuserei los. Er liebte es, am Kopf gekrault zu werden. Wenn ich dann aufstand, um meinen jugendlichen Alltag zu beginnen, flatterte er mir immer hinterher und um mich herum oder saß auf meiner Schulter oder auf meinem Kopf.

An jenem Tag jedenfalls, an dem es so aussah, als würde er sterben, nahm ich ihn in meine Hände, gleich so, als würde ich eine kostbare Flüssigkeit mit meinen Händen umschließen. Vorher tröpfelte ich etwas Wasser an seinen Schnabel und an seine Füße. Während ich ihn so mit meinen Händen umschloss, stellte ich mir vor, wie ein Energiestrom von meinen Händen in seinen geschwächten Körper überging. Ich glaubte fest daran und konzentrierte mich fest darauf.

Tatsächlich reckte Leo nach einigen Minuten den Kopf in die Höhe, öffnete die Augen und war wieder erfüllt von Lebensenergie. Es war wie eine wunderbare Neugeburt. Ich war davon überzeugt, dass das mit der Kraftübertragung funktionierte.

Daran glaube ich auch heute noch. Aber nicht mehr in der Überzeugung wie an jenem Tag, sondern eher wie eine bruchstückhafte, verschwommene Erinnerung. Ich probiere es trotzdem bei meinem Eichelhäherküken. Aber irgendwie ist es nicht dasselbe wie früher. Ich komme einfach nicht an. Weder bei meiner Vorstellung, noch bei dem Vogel.

Verflixt! Was soll ich denn jetzt tun? Er atmet immer langsamer, um dann wieder ganz hektisch zu hecheln. Füttern brauche ich gar nicht mehr zu versuchen, da das Köpfchen nur noch schlaff auf meiner Hand liegt.

Stirbt er jetzt? „Nein, du wirst nicht sterben.“ In meiner allergrößten Verzweiflung gebe ich ihm einen Notfalltropfen, dieses homöopathische Zeug, das in allen Notfällen Wunder bewirken soll.

Bei meinem Vorstellungsgespräch für eine Pharmafirma vor einigen Jahren wirkte es. Sie wollten mich tatsächlich mit Kusshand nehmen. Ich entschied mich jedoch dagegen, weil ein Job als Pharmareferentin damals absolut nicht für mich in Frage kam.

Ich stellte mich dort nur vor, um Bewerbungsgespräche zu üben. Und, um den unsympathischen Berater jenen Amtes, das seinen Namen öfter wechselt, zu besänftigen. Ich musste schließlich nachweisen, dass ich mich um einen Job bemühte. In den seltensten Fällen ist eine Doktorarbeit in der vorgegebenen Zeit zu schaffen – ich behaupte einfach mal, dass das nicht nur an den Promovierenden selbst liegt. Deshalb war so mancher Doktorand genötigt, sich die Endphase der Promotion durch die

Eltern oder eben jenem Amt finanzieren zu lassen. Ersteres kam in meinem Fall nicht in Frage. Also musste ich da durch.

Der Berater hatte nun einmal die Aufgabe, mich schnell zu vermitteln. Seine Ansätze waren jedoch fraglich, die so genannte Unterstützung eher eine Behinderung und seine Vorstellungen fern jeder Realität.

Das obligatorische „Sie sind doch Biologin ...“, leitete seine Jobsuche ein. Dann reichte er mir diverse Stellenanzeigen, auf die ich mich bewerben sollte. Wenn ich es nicht tue, würde ich meiner Pflicht nicht nachkommen und mit den Konsequenzen rechnen müssen.

Meiner Meinung nach ist es ebenso abwegig, sich als Neurobiologin auf einen Job als Rhododendron-Beauftragte im Gartenbau bewerben zu müssen, wie es unsinnig ist, einen Dachdecker zu einem Job als Elektriker zu zwingen. Nur weil beides Handwerksberufe sind. Oder einen Apotheker dazu zu zwingen, als Gastronom zu arbeiten. Nur weil beide meistens hinter einer Theke stehen.

Nichts gegen Rhododendren, sie sind ja ganz hübsch. Aber sie zeigen weder Verhaltensweisen, die es zu beschreiben gilt, noch haben sie ein Gehirn, das erforscht werden könnte. Oder haben im Entferntesten irgendetwas mit Zoologie, Neurobiologie oder Ähnlichem zu tun. Was schließlich das ist, womit ich mich – zumindest laut meines Zeugnisses – am Besten auskenne.

Ich hätte die Rhododendren anschauen, ihre Farbenpracht bewundern und an ihnen riechen können. Hätte darüber nachdenken können, was das für physikalische und chemische Prozesse in meinen Augen und meiner Nase auslöst. Wie die Sinnesinformation in mein Gehirn weitergeleitet wird. Welche Regionen im Gehirn aktiv sind und welche Assoziationen in mir ausgelöst werden. Das wäre aber sicher nicht der Job einer Rhododendronbeauftragten gewesen, könnte ich mir vorstellen.

Es hat den Anschein, dass es zur akademischen Ausbildung dazu gehört, sich in den letzten Zügen der Promotion nicht nur mit überwältigender Arbeit, mit Zeitdruck und Zukunftsängsten auseinander setzen zu müssen, sondern auch die demütigende Erfahrung mit jener

Behörde zu machen. Als einzig verbleibende Möglichkeit, sich während dieser Zeit finanziell über Wasser zu halten.

Dieser homöopathische Notfalltropfen jedenfalls, der damals bei meinem Vorstellungsgespräch für die Pharmafirma zu wirken schien, scheint meinem kleinen Eichelhäherküken jetzt den Rest zu geben.

Oder es wirkt gar nicht und hindert ihn schlichtweg nicht daran, jetzt zu sterben. Es ist eindeutig: es gibt keine Rettung mehr.

Sicher: es ist nur ein kleiner, wilder Eichelhäher. Ein Jungvogel mehr, der dieses Frühjahr stirbt, weil die Natur das so eingerichtet hat. Nur die Stärksten überleben. Vielmehr die mit den besten Ressourcen. Die mit dem größten Glück. So wie die Jungen aus dem Kastaniennest. Ihre Eltern Dude und Jay hatten immer wieder Kalles Futter aus dem Käfig geholt und ihre Kleinen nur mit dem Besten versorgt. Und das ausreichend!

Schweren Herzens beschließe ich, den Kampf um ihn aufzugeben. Aber wenn ich ihn schon nicht retten kann, will ich ihn wenigstens beim Sterben begleiten und seiner Seele eine gute Reise wünschen.

Ich hocke also da auf dem Fußboden mit dem sterbenden Vogel in meinen Händen. Eine Träne landet auf seinem Schnabel. Nun wünschte ich, er würde endlich sterben. Warum muss es jetzt auch noch so lange dauern, wenn es doch klar ist, dass es kein Zurück mehr gibt? „Soll ich dir den Hals umdrehen oder den Kopf abschneiden, damit es schneller geht? Hast du Schmerzen? Verdammt, wie kann ich Dir denn helfen?"

Ich fühle mich so ohnmächtig, habe auf der ganzen Linie versagt. Weder kann ich ihn am Leben erhalten, noch bin ich in der Lage, ihm das Sterben angenehmer zu machen. „Stirb endlich, kleiner Vogel, stirb!" Die Tränen laufen mittlerweile in Strömen meine Wange herab. Einerseits weil ich traurig bin und andererseits weil ich wütend auf mich bin. Weil ich versagt habe.

Dann tut er endlich seinen letzten Atemzug. Das ist sein letzter, ganz sicher. Während er diesen letzten Atemzug macht, senkt sich sein Köpfchen, werden seine Augen ausdruckslos, während sie eben noch einen eher gequälten Ausdruck inne hatten.

Ich hocke noch mehrere Minuten so auf dem Boden mit dem Vogel in den Händen, der mit meinen Tränen benetzt ist und betrachte ihn. Da kommt kein Atemzug mehr, der ist tot. Ich weine noch ein bisschen und gebe mich meiner Trauer hin.

Dann rufe ich Nick an. Ich versuche mich zusammen zu reißen, aber meine Stimme ist trotzdem sehr belegt: „Ich wollte dir nur mitteilen, dass wir uns nun keine Sorgen mehr darum machen müssen, ob er etwas frisst." Schweigen. Mit leiser Stimme fragt er: „Sollen wir ihn später zusammen begraben?" „Ja, das wäre schön."

Am Abend begraben wir ihn gemeinsam im Ipweger Moor, an einer schönen Stelle am Fuße einer Birke. Eichen gibt es dort im Moor nicht. Wir wählen den Platz so, dass er sowohl in den Bäumen hätte sitzen, als auch in die Moorwiesen hätte rausfliegen können. Chico schnuppert noch einmal am Grab und dann gehen wir zurück.

Wir machen uns gegenseitig Mut, dass wir jetzt all unsere Kraft den verbliebenen Küken geben können. Ich hätte mein Bestes gegeben, mehr hätte ich nicht tun können, versuchte er mich zu trösten.

Mit dem Vogel begraben wir, wenigstens für eine Weile, auch unsere Streitereien. Für eine Weile ist das Band wieder da, die Verbundenheit. Wenn unser Band da ist, hat das immer mit Natur oder Tieren zu tun. Das hält uns zusammen und bringt uns immer wieder nahe. Wenigstens für eine Weile.

Das Gefühl des Scheiterns zehrt aber weiter an mir und zunehmend schwinden meine Kräfte. Seit drei Tagen heißt es nun die verbliebenen Vier füttern, Termine, füttern, Termine, usw.

Bis auf heute. Heute kümmert er sich um die Brut, denn heute ist mein großer Auftritt, auf den ich mit bangender Vorfreude seit Wochen hingearbeitet habe. Heute treten mein Schimmel Sulamin und ich auf einer Veranstaltung auf. Zum ersten Mal vor Publikum demonstrieren wir Pferdekommunikation in Form von Freiarbeit und

Reiten ohne Sattel und Zügel. Der Tag ist eine willkommene Abwechslung.

Tatsächlich begeistern wir sogar die eine oder andere Person mit unserer Darbietung aus Vertrauen und vor allem Spaß zwischen Mensch und Pferd. Trotzdem erlebe ich das alles wie von fern. Ich bin Sulamin sehr dankbar, dass er, trotz des Trubels um uns herum, mit seiner Aufmerksamkeit ganz bei mir ist.

Besonders tapfer ist er, als wir uns am Abend dieses langen, aufregenden und heißen Junitages Richtung Pferdetransporter kämpfen. Wir müssen mitten durch die Menschenmenge, die sich mittlerweile reichlich alkoholisiert um eine Leinwand drängt und sehnsüchtig das Länderspiel Deutschland gegen Ghana erwartet.

Ausgerechnet in dem Moment, als wir gerade an den Lautsprechern vorbeigehen, wird das Spiel angepfiffen. Vor Schreck zucke ich zusammen. Sulamin bleibt, trotz weit aufgerissener Augen und nervös vor- und zurückschnellender Ohren, ruhig an meiner Seite. Stolz erfüllt mich und Dankbarkeit für das Vertrauen, dass mir dieses herrliche Pferd schenkt.

Umso mehr schäme ich mich dafür, dass ich momentan derart neben mir stehe und meinem sensiblen Araber nicht mehr die Sicherheit geben kann, die er braucht. Wie verloren er sich in meiner Gegenwart fühlt, zeigt sich, als meine Freundin Katrin und ich ihn schließlich für den Heimweg verladen wollen.

Stocksteif steht er vor dem Hänger, rührt sich nicht vom Fleck. Da stehe ich nun, die vermeintliche Pferdeflüsterin von Oldenburg. Schaffe es nicht, mein Pferd in den Anhänger zu flüstern. Meine Pferde gehen normalerweise gut in einen Anhänger. Ich bin es, die ein Problem damit hat. Seit meiner Zeit in New Mexico bin ich etwas traumatisiert, was Pferdetransporte betrifft.

Damals fuhr ich mit einem der Ranch-Cowboys den Old Dexter Highway entlang nach Roswell, als auf der gähnend leeren Strecke ein verlassener Pferdetransporter unsere Aufmerksamkeit erregte. Neugierig hielten wir an und ich wünschte, ich hätte es nicht getan.

Der Transporter stand am Straßenrand und rötlichbraune Blutspuren zeigten die Richtung an, aus der er gekommen war. Ein riesiges Loch klaffte im Boden des Trailers. Ich kombinierte und sollte dieses Bild in meinem Kopf bis heute nicht mehr loswerden. Doch damit sollte es nicht genug sein. Zu allem Überfluss entdeckten wir schließlich einige Meter von der Straße entfernt zwei braune Hügel, die sich als zwei tote Pferde herausstellten. Vielmehr als das, was von ihnen noch übrig war.

Blutverschmiert und mit verstümmelten Beinen, die als solche kaum noch zu erkennen waren, lagen die mittlerweile aufgedunsenen Pferdeleiber dort vor uns. Nur blutige, gesplitterte Stumpen ragten aus dem Rumpf hervor.

In meinem Kopf höre ich noch heute das Schmerzensgeschrei der Pferde, das vermutlich erst ein jähes Ende nahm, als endlich der erlösende Schuss die anschließende Stille einleitete. Zumindest ließen die Löcher in den Schädeln der Pferde darauf schließen.

In diesem Moment war ich dankbar, dass es Usus in dieser Gegend war, stets Gewehre mit sich zu führen. Bis zu diesem Moment fand ich das bescheuert, da die Cowboys damit bei jeder sich bietenden Gelegenheit Klapperschlangen und Kojoten, abknallten.

Seitdem brauche ich, wenn ein Pferdetransport ansteht, eine gelassene Person in meiner Nähe, die meinen Pferden und vor allem mir Sicherheit vermittelt. Diese Person ist heute Katrin. Trotzdem möchte ich es erst einmal alleine versuchen.

Ich bemühe mich, all das Wissen um pferdegerechten und souveränen Umgang, das ich sonst anderen vermittle, bei mir selbst und Sulamin anzuwenden.

Doch alle Gesten und Worte helfen nicht, wenn man Schwäche und Unsicherheit, Erschöpfung und Ratlosigkeit ausstrahlt. In meiner Hilflosigkeit und Enttäuschung über mich selbst, lasse ich mich schließlich auf verschiedene Verladetechniken ein.

Wir probieren die Methode nach Monty Roberts: Rückwärtsgehen bis das Pferd sich geradezu auf das

Vorwärtsgehen freut und gerne den Weg nach vorne in den Anhänger sucht.

Ich lasse Sulamin also rückwärts gehen. Und weiter rückwärts. Der Plan ist, wirklich solange rückwärts zu gehen, bis das Pferd das als unangenehm empfindet.

Viele Reiter verwenden das Rückwärtsgehen als Strafe, um vermeintliche Dominanz auszuüben. Sulamin aber kennt das nicht als „Strafe“. Er geht rückwärts und rückwärts, der Strick hängt durch und er reagiert fein und aufmerksam und will gar nicht aufhören rückwärts zu gehen.

Nach gefühlten fünf Kilometern Rückwärtsgehen halte ich erschöpft an. Diese Aktion hat, wenn sie überhaupt etwas Gutes hatte, nur seiner Rückenmuskulatur etwas gebracht.

Nächster Plan: Es dem Pferd hinten unangenehm machen. Dazu stellt sich Katrin hinter ihn und fuchtelt mit einem Besen in der Luft herum. Sulamin dreht sich gelangweilt zu ihr um. Ihm scheint das alles mächtig auf die Nerven zu gehen. Er ist bestimmt völlig erschöpft von den vielen neuen Eindrücken, Gerüchen und Erlebnissen des heutigen Tages. Und jetzt soll er wieder in dieses Ding gehen, das ihn vermutlich wieder irgendwo hin bringt, wo ihn Aufregung und Stress erwarten? Nein danke!

Er hat keine Angst in den Anhänger zu gehen. Er strahlt vielmehr absolutes Desinteresse aus und ist in keinster Weise bereit, zu kooperieren. Mit wem auch? Mit der, die da verloren vor ihm steht? Vermutlich denkt er: „Wo ist die, auf die ich mich sonst verlassen kann und mit der ich gerne durch dick und dünn gehe? Und wer ist diese andere, die sich so komisch aufführt mit diesem Besen in der Hand?“

Ich nehme es ihm gar nicht übel, das er beschließt, dass es das Beste ist, jetzt einfach abzuschalten und auszuruhen. Also steht er da, guckt in sich hinein und ist unansprechbar.

Viele kommen vorbei, geben Ratschläge oder Kommentare von sich, auf die ich gut verzichten kann: „Brat´ ihm mal ordentlich eins über!“, oder: „Na, will der gar nicht mehr weg von hier? Ist ja auch viel schöner hier!“

Einer, der sich als Tom vorstellt, begibt sich selbstbewusst in unsere unmittelbare Nähe und beobachtet unsere fruchtlosen Verladeversuche. „Der hat gar keine Angst vor dem Anhänger, der hat einfach keine Lust", stellt er nach einer Weile fest. Ach ne, auch schon gemerkt?

Ich bin mittlerweile so genervt von irgendwelchen Kommentaren, dass ich keine Lust habe, zu einem weiteren scheinbaren Besserwisser freundlich zu sein. Auch nicht, als er erzählt, dass er selber temperamentvolle und „schwierige" Araber besitzt.

„Habt ihr es schon mit Leckerchen versucht?" Was für eine blöde Frage, denke ich. Katrin hat sich da noch eher im Griff: „Das Problem ist, dass er mittlerweile gar nicht mehr ansprechbar ist. Der hat inzwischen dicht gemacht und beschlossen, dass er da jetzt nicht rein gehen will." Ich bin den Tränen nahe, weil mir diese knappe Zusammenfassung die Ausweglosigkeit der Situation klar vor Augen führt.

Das ist der Augenblick, wo manch einer zu brutalen Mitteln greifen würde. Gewalt als letzter Ausweg. Decke über den Kopf des Pferdes und in den Anhänger prügeln.

Das kommt natürlich überhaupt gar nicht in Frage. Eher reite ich ihn nach Hause. Dafür ist es allerdings definitiv zu weit. Wir müssten quer durch Oldenburg reiten und das mit einem unbeschlagenen Pferd.

Wenn ich gar nicht weiter weiß, wende ich mich an Nick. Mir ist zwar nicht klar, wie er mir in dieser Situation helfen könnte. Aber vielleicht, so hoffe ich, kommt er her und bringt frischen Wind rein. Vielleicht ist Sulamin so begeistert über die Anwesenheit seines liebsten Spielkameraden, dass er einen Freudensprung in den Anhänger macht.

Ich drücke Katrin resigniert den Führstrick in die Hand und krame mein Handy aus dem Auto hervor. Rufe Nick an und jammere ihn voll.

Er hätte nicht vor zu kommen, da er auch nicht wisse, wie er mir helfen könne. Da muss ich ihm recht geben. Enttäuscht und kein bisschen schlauer beende ich das Gespräch und gehe wieder hinter den Transporter.

Die Lade ist zu. Das Pferd steht drin. Kaut genüsslich das Müsli, das ihm Tom, unser Retter, in einem Eimer unter die Nase hält.

In den zwei Minuten, in denen ich telefonierte, hat Tom nämlich einen Eimer Kraftfutter geholt und Sulamin an den Strick genommen. Beim ersten Ausweichversuch nach hinten hat Tom einmal kräftig gegen gehalten, indem er einfach stehen blieb und den Strick festhielt. So war Sulamin der Rückzug nach hinten nicht mehr möglich. Also ging er nach vorne in den Anhänger. Einfach so.

Manchmal ist es doch von Vorteil, etwas mehr Kraft zu haben. Nicht um Gewalt anzuwenden, sondern um Standfestigkeit zu bewahren.

Erleichtert und dankbar falle ich Tom in die Arme und bedanke mich überschwänglich. Kaum im Auto sitzend überfällt mich jedoch unermessliche Enttäuschung. Wieder einmal habe ich komplett versagt.

Es ist mir unbeschreiblich peinlich: den ganzen Tag demonstriere ich, mit einem Pferd mittels subtiler Signale auf der Basis von gegenseitigem Respekt und Vertrauen zu kommunizieren. Wie schön es ist, geradezu mit einem Pferd zu tanzen. Und dann so etwas.

Eine tiefe Kluft tut sich auf, Wunschvorstellung und Realität scheinen weit auseinander zu divergieren. Mache ich mir nur etwas vor? Kann ich eigentlich überhaupt etwas gut? Nicht einmal einen Vogel kann ich am Leben erhalten.

Völlig erschöpft erreichen wir spät abends die Weide. Dort erst merke ich, dass ich zu allem Überfluss auch noch meinen Autoschlüssel verloren habe. Ich kann mich zwar nicht erinnern, ihn da hinein getan zu haben, doch nach gründlicher Suche an allen möglichen und unmöglichen Stellen finden wir ihn schließlich im Putzkasten.

Aus meinem chaotischen, destruktiven inneren Zustand sollte ich leider nicht so schnell hinaus finden.

last bird standing

„In jeder großen Trennung liegt ein Keim von Wahnsinn; man muss sich hüten, ihn nachdenklich auszubrüten und zu pflegen."

(Goethe: Maximen und Reflexionen, 1749-1832)

Es sind eigentlich nur irgendwelche, wildfremde, scheinbar unbedeutende Vögel. Aber aus irgendeinem Grund habe ich mich mittlerweile derart reingesteigert, dass ich mich nun förmlich in einem Sog aus Verpflichtungen, Funktionieren und Erschöpfung wieder finde. So ähnlich fühlt sich bestimmt eine frisch gebackene Mutter. Nur, dass diese sich schlauerweise Mutterzeit nehmen und nicht nebenher versuchen würde, ein Unternehmen aufzubauen.

Zwischen den Fütterungszeiten der Vögel erledige ich Akquise, Werbung, Auftritte, Kundenbesuche, gebe Seminare und halte Vorträge. Dazwischen Rehabilitationssport, Physiotherapie und Entspannung. Ansonsten würde gar nichts mehr funktionieren, wenn nicht mein Rücken etwas Aufmerksamkeit bekommt.

Auch wenn sie mir viel abverlangen, geben mir die Tiere gleichzeitig Kraft und Sinn: meine Pferde Sulamin und Amira, mein Hund Chico, unser verrückter Kalle, Dude und Jays Küken und die Zwei aus dem ursprünglichen Dreiernest.

Sie brauchen Namen. Weibliche Eichelhäher lassen sich leider nicht anhand ihres Gefieders von männlichen unterscheiden. Also überlege ich mir bei der Gelegenheit auch gleich passende Geschlechter für sie.

Die Küken von Dude und Jay konnte ich von Anfang an leicht voneinander unterscheiden. Die Kleine nenne ich Pünktchen. Auf jeder Seite verziert ein rostrotes Pünktchen ihren Schnabel. Aber nicht nur deswegen macht sie einen femininen Eindruck auf mich. Sie wirkt immer sehr ruhig, bescheiden und schüchtern. Während der andere stets aufmerksam in der Gegend herumguckt und insgesamt einen sehr selbstbewussten und kecken Eindruck macht. Zudem hat er einen außergewöhnlich breiten, schiefen Schnabel. Ich nenne ihn Udo Lindenberg.

Dude und Jay schimpfen immer heftig, wenn sie uns vom Garten aus beobachten, wie wir ihre Küken füttern. Aber wir wollen die Kleinen erst raus lassen, wenn sie fliegen können, damit sie sich vor den hier zuhauf herumstreunenden Katzen in Sicherheit bringen können.

Mittlerweile sind sie vom Karton in Kalles Voliere auf dem Balkon umgezogen, was er entrüstet zur Kenntnis genommen hat. Zwei Tage üben sie nun schon fleißig, von einer Stange zur nächsten zu flattern. Auch die ersten Flugübungen im Wohnzimmer absolvieren sie inzwischen erfolgreich.

Der große Moment ist also gekommen! Vorsichtig und unter den wachsamen Augen ihrer Eltern, setzen wir die Beiden auf den großen Ficus Benjamini, der jeden Sommer auf dem Balkon verbringt. Kaum haben wir sie auf den Ästen platziert, rufen Dude und Jay schon aufgeregt nach ihren Kleinen. Etwas unsicher nehmen Pünktchen und Udo schließlich all ihren Mut zusammen und flattern ihre bislang größte Strecke: vom Benjamin bis zu der Tanne gegenüber, circa drei Meter Luftlinie.

Aus dem Wohnzimmerfenster heraus beobachten wir noch lange die aufgeregten und erleichtert wirkenden Eltern bei der Fütterung ihrer heimgekehrten Jungen. Wir waren so froh, dass sie wieder angenommen und versorgt wurden. Ob Dude und Jay so etwas wie Dankbarkeit empfinden?

Wenn sie überhaupt in irgendeiner Form über die Situation reflektieren, dann wahrscheinlich eher in dieser Form: „Endlich lassen diese doofen Menschen ihre Finger von unseren Kleinen." Die landläufige Auffassung, dass Nestlinge, die von Menschen angefasst wurden, von ihren Eltern nicht mehr erkannt und verstoßen werden, war jedenfalls widerlegt.

Etwas später beobachten wir erfreut, wie zwei weitere Geschwister von Pünktchen und Udo lautstark nach Futter schreien. Dude und Jay kommen kaum hinterher, alle vier Schnäbel zu stopfen. Je nachdem, wo eines der Kleinen sitzt, fliegen sie zwischen der Eiche, der Kastanie, dem Walnussbaum oder der Birke und unserem Balkon hin und her.

Für Kalle scheint es ebenfalls eine anstrenge Zeit zu sein, in der er sich kaum noch her traut, da Dude ihm arg zusetzt.

Udo Lindenberg, Pünktchen und ihre beiden Geschwister verlieren bereits ihr Kindchenschema und sehen schon fast wie richtige kleine Eichelhäher aus. Allerdings erinnert ihr Flugbild noch eher an das eines flatternden Huhns.

Ausgewachsene Eichelhäher wie ihre Eltern, oder auch Kalle, seit er nach seinem letzten Unfall endlich wieder neue Schwanzfedern hatte, begeistern uns immer wieder mit ihrer hervorragenden Flugakrobatik. Einmal beobachtete ich, wie ein Eichelhäher einigen Kohlmeisen durch die Äste einer Eiche hinterher jagte. Diese kleinen Zwerge waren exzellente Flieger. Doch der Häher stand ihnen in nichts nach, was Schnelligkeit, Präzision und Wendigkeit betraf.

Die Zwei aus dem ursprünglichen Dreiernest entwickeln sich zwar auch weiter, aber denkbar zäh. Sie werden wohl noch länger bei uns bleiben müssen. Im Gegensatz zu Pünktchen und Udo Lindenberg haben sie keine Eltern, die auf sie warten und sich da draußen ihrer annehmen würden. Außerdem sind sie immer noch viel zu dünn, obwohl ich alles gebe, um sie wortwörtlich voll zu stopfen.

Es ist nicht wirklich verwunderlich, dass Udo und Pünktchen von vorneherein so gut entwickelt waren. Vermutlich war Kalles hochwertige Futter, das Dude und Jay reichlich auf unserem Balkon fanden, erst der Grund, dass sie ihr Nest in unserer Nähe bauten. Selbstverständlich lege ich auch jetzt immer mal wieder Hackfleisch und Kartoffeln und alles, was bei der Fütterung der anderen Beiden übrig bleibt, in einen an das Balkongeländer befestigten Napf. Und es bleibt jedes Mal mehr übrig, weil ich immer mit Absicht überreichlich zubereite.

Jedenfalls haben die Zwei aus dem ursprünglichen Dreiernest offensichtlich die kritische Phase überwunden und sich für das Leben entschieden. Also sollen sie ebenfalls Namen bekommen.

Derjenige, der bereits am Anfang Abwehrverhalten zeigte, stellt sich immer schützend über das andere Küken, wenn irgendetwas Aufregendes passiert. Beispielsweise wenn mein Kopf zur Fütterungszeit plötzlich über dem Karton auftaucht. Das wirkt unglaublich maskulin und stark. Also nenne ich ihn Rocky. Sein Geschwisterchen wirkt dagegen eher feminin, so schüchtern und zart. Also heißt sie Pupsi. Kleine, zarte, süße Pupsi. Vielleicht hätte ich ihr einen Namen geben sollen, der mehr Vitalität und Zähheit ausdrückt. So wie Rocky.

Damit Pupsi und Rocky mehr Platz haben, um Klettern und Fliegen zu üben und damit sie sich nicht so sehr an Menschen gewöhnen, haben wir ihnen vor einigen Tagen im geräumigen Waschraum eine Art Baum aus Regalen und Ästen gebaut. Das vergitterte Fenster ließ ihnen außerdem den Blick auf das Geschehen im Garten frei und sorgte für Frischluft.

Nach jeder Fütterung setzten wir sie mit Absicht auf den Boden, um sie zu motivieren, von alleine auf die oberen Äste hoch zu flattern und zu klettern. Die meiste Zeit kümmerte ich mich weiterhin alleine um sie, aber abends half Nick in der Regel mit.

Es war viel einfacher, wenn er einen der Vögel hielt und ich den Schnabel öffnen und das Futter hinein schieben konnte. Die Beiden sind nämlich weit davon entfernt, freiwillig Futter aus der Hand zu nehmen. Was ja auch eigentlich gut ist, da wir vermeiden wollen, dass sie so zahm werden wie Kalle. Wenn ich das alleine mache, ist das stets eine akrobatische Herausforderung für meine Hände und Finger, gleichzeitig den Vogel fest und den Schnabel auf zu halten. Zumal die beiden sich mit Händen und Füßen, vielmehr mit Flügeln und Klauen dagegen wehren. Dann ist der Schnabel endlich offen und das Futter muss ja auch noch hinein! Inzwischen besitze ich eine Gefühlte-Drei-Hände-Technik, die unmöglich zu beschreiben ist, mit der ich aber zügig und erfolgreich die Vögel alleine füttern kann.

Gestern Abend fütterten wir Pupsi und Rocky wieder gemeinsam, als es passierte. Pupsi schoss nach dem Füttern unverhofft aus Nicks Hand, flatterte unbeholfen herum und landete schließlich unglücklich auf dem Boden. Wir hatten den Steinboden extra dick mit Laub und Moos ausgepolstert, weil klar war, dass die Vögel noch die eine oder andere Bruchlandung machen würden. Doch offensichtlich hat sie sich trotzdem bei der Landung verletzt. Hinkend und aufgeregt mit den Flügeln flatternd, hüpfte sie auf dem Boden herum.

Zu diesem Zeitpunkt konnten wir noch nicht ahnen, wie schlimm es tatsächlich um sie stand.

Wir warteten noch eine Weile in der Hoffnung, dass sie sich wieder erholen würde. Doch sie taumelte weiterhin hilflos auf dem Boden herum. Also hoben wir sie hoch, um sie auf einen Ast zu setzen. Sie konnte jedoch das Gleichgewicht nicht halten und drohte abzustürzen. Wir beschlossen, die beiden wieder in die Voliere auf dem Balkon zu setzen, da wir sie hier besser beobachten konnten.

Vorsichtig setzten wir sie auf eine Stange und solange Pupsi ruhig saß, war auch alles gut. Aber wehe, sie bewegte sich nur ein bisschen. Dann verlor sie wieder das Gleichgewicht und konnte sich nur mühsam auf der Stange halten, indem sie sich mit ihren Flügeln abstützte. Manchmal fiel sie aber auch herunter. Um ihr das Sitzen zu erleichtern, baute ich ihr aus Pappe eine Art Plattform, die sie dankbar annahm. Dort saß, vielmehr lag sie halb auf der Seite und hielt den Schnabel vor Stress und Schmerzen weit geöffnet.

„Sie hat sicher nur das Bein verstaucht und erholt sich in ein paar Tagen“, versuchten wir uns abwechselnd gegenseitig zu trösten. Wir fassten Mut, weil sie tatsächlich das Futter annahm, das wir ihr anboten. Die übrige Zeit saß sie einfach nur da.

Heute Morgen war ihr Zustand noch unverändert, so dass ich bei der Tierarztpraxis, bei der wir letztes Jahr mit Kalle waren, anrief und auch gleich einen Termin bekam.

Jetzt sitzt Pupsi in einem Karton neben mir auf dem Beifahrersitz, der Karton ordentlich angeschnallt. Im Wartezimmer angekommen, lenke ich mich ab, indem ich die Leute mit unseren Eichelhähergeschichten unterhalte und Pupsi zwischendurch mit Mehlwürmern füttere. Inständig hoffe ich, eine ähnliche Diagnose wie bei Kalle zu hören. Der Tierarzt konnte damals nämlich nichts feststellen und entließ uns mit der wagen Aussage, dass er sich vielleicht erholen würde. Was er dann ja auch tat.

„Der Eichelhäher bitte!“, werde ich aufgefordert, in den Untersuchungsraum zu kommen. Die anderen Wartenden lächeln uns Glück wünschend zu und wir verschwinden im Behandlungszimmer. Der sehr nette Herr Doktor ist aufgeschlossen und behutsam. Meine Befürchtung, dass er sich darüber auslassen würde, dass es bescheuert wäre, einen verwaisten Eichelhäher aufzuziehen, zerschlägt sich sofort.

Es gibt tatsächlich sehr viele Leute, die das für Zeitverschwendung und falsch verstandene Tierliebe halten. Jemand sagte kürzlich zu mir: „Die sind doch eh zum Sterben verurteilt. Außerdem soll man der Natur nicht reinpfuschen.“ Der Natur nicht ins Handwerk pfuschen? Und wozu dann all die Medizin und diverse technischen Errungenschaften?

Der Tierarzt untersucht Pupsi gründlich. Sie tut mir richtig leid, wie er ihr alle Extremitäten lang zieht und in alle Richtungen dreht. Dann inspiziert er ihr Bein und bemerkt einen schwachen Griff. Aber es ist immerhin ein Greifen da. Nicht wie bei Kalle damals, dessen gesamtes Bein einfach nur schlaff herunter hing.

Der Tierarzt beendet seine Untersuchung vorübergehend mit der Vermutung, es könne sich um eine Verletzung im Kniebereich handeln. Dabei sieht er mich so merkwürdig an, irgendwie besorgt, wissend, traurig. Ich sehe ihn an. Unsicher, unwissend, ungeduldig, wann endlich die Worte kommen mögen: „Das wird schon wieder! Wildvögel haben erstaunliche Selbstheilungskräfte.“

Er schlägt stattdessen vor, das Knie sicherheitshalber zu röntgen. Irgendetwas flüstert mir beruhigend zu, dass die grausam anmutende Behandlung, die Pupsi nun über sich ergehen lassen muss, um die richtige Position zum Röntgen einzunehmen, ihre letzte Tortur sein würde. „Natürlich“, wehre ich mich gegen diese Stimme. „Das geht ja auch schnell, das Röntgen.“ Es geht aber leider nicht so schnell wie gewünscht, da die erste Aufnahme ein Fehlversuch ist. Aber mit der zweiten Aufnahme haben wir es dort grau auf weiß: Die Bänder sind durchgerissen.

Mir ist nicht ganz klar, was das bedeutet. Dann sollen sie halt wieder zusammen wachsen. Das gehe nicht. „Was wäre denn der bestmögliche Fall, wie der Körper die Knieluxation kompensieren kann?“, frage ich ihn. Ich benutze den eben von ihm eingeführten Fachausdruck in dem Versuch, mich so auf Distanz zu halten und seinen weiterhin eigenartigen Gesichtsausdruck zu verdrängen. „Das Gewebe um das Kniegelenk kann verhärten. Dann ist das Bein jedoch steif.“ Er sieht mich durchdringend an.

Ich glaube, ich muss langsam den Tatsachen ins Auge sehen. Und was ich sehe, ist grell, schmerzend, fürchterlich. Ich komme mir etwas blöd vor, wie ich da stehe, den wilden Vogel behutsam in meinen Händen haltend. Wohl wissend, dass diese Hände den Vogel nicht vor dem schützen können, was jetzt kommen wird. Dass diese Hände ihn nicht davor schützen konnten, dass es überhaupt so weit gekommen ist. Ich kann nicht mehr dagegen angehen. Eine Träne stiehlt sich unaufhaltsam meine Wange hinunter.

Ich habe das Gefühl, der Tierarzt weint zumindest innerlich ein bisschen mit uns. Zumindest geht er sehr einfühlsam und verständnisvoll vor. Er wählt seine Worte behutsam. Holt die Spritze bedächtig aus der Schublade. Steckt die Spritze gefühlvoll in das kleine Fläschchen. Dann bittet er mich, Pupsi auf den Tisch zu legen. Bittet mich, Anteil nehmend, nun weg zu sehen. Was ich dann auch tue.

Es ist ja nicht so, dass ich noch nie ein Tier habe sterben sehen. In Köln, wo ich bis letztes Jahr in der neurologischen Forschung gearbeitet habe, musste ich einmal eine Ratte zu ihrer letzten Reise geleiten. Das fand ich aber eher erleichternd, weil es sicher schöner ist, tot zu sein, als weiterhin im Käfig vor sich hin zu vegetieren. Darauf wartend, dass ein Mensch mit weißem Kittel einen greift und Versuche zum Wohle der Menschheit mit einem anstellt.

Zu dem Zeitpunkt, als ich kündigte, hatte ich meinen mir selbst auferlegten wichtigsten Job in Köln bereits vollendet: ich hatte erfolgreich umgesetzt, dass zumindest denjenigen Ratten, die für meine Studie eingesetzt wurden, mehr Lebensqualität zugesprochen wurde.

Wo vorher in kleinen Käfigen nichts außer etwas Einstreu, Zugang zu Wasser, Futterpellets und eine einsame, depressive Ratte zu finden waren, teilten sich nun zwei oder drei Ratten einen größeren Käfig. Neben mehr Platz bekamen sie den Luxus eines kleinen Häuschens, dass ihnen eine Unterschlupfmöglichkeit bot. Außerdem ein Klettergerüst und damit die Möglichkeit, sich auf einen erhöhten Ort zu setzen, was Ratten sehr gerne tun. Hölzerne Zungenspatel, die man vom Zahnarzt kennt, als Knabber- und Beschäftigungsmaßnahme. Täglich frisches Zellstoffpapier, das sie zerreißen und in ihre Häuschen schleppen können, um es sich gemütlich einzurichten.

Das war das Mindeste, was ich für sie tun konnte. Und es war in meinen Augen das Wertvollste und Wichtigste was ich in Köln geleistet hatte. Ich war die selbsternannte Rattenretterin. Später erfuhr ich zu meiner Freude, dass eine junge Tierpflegerin eingestellt wurde, die meine Initiative fortführte und sogar weiter ausbaute.

Ich schaue also weg, während der Tierarzt die Spritze gibt. Aber nur kurz. Ich will dabei sein, wenn sie stirbt. So wie bei ihrem Geschwisterchen. Und ich bin dabei.

Ich bin dabei, als der Tierarzt die Spritze aus ihrem Körper zieht. Einen Blutstropfen auf ihrem schmuckvollen Gefieder hinterlassend. Ich bin dabei, wie sie quasi im selben Moment den Glanz aus ihren Augen verliert. Alles Leben erlischt auf einen Schlag. Ich bin überwältigt davon, wie schnell das geht und ich bin dankbar, so dankbar.

Die Dosis sei so hoch gewesen, dass ein Dackel von zehn Kilogramm daran gestorben wäre, versichert mir der Tierarzt, in dem Bemühen, mir etwas Trost zu spenden. Er wickelt den leblosen Vogelkörper, der mir auf einmal irgendwie fremd erscheint, in Zellstoffpapier. Klebt sorgfältig, als würde er ein Geschenk einpacken, die Enden zu und reicht mir das Paket. Ich gehe aus dem Behandlungsraum, die Leute schauen mich an und ihr Gesicht spiegelt meine Trauer.

Es ist nur ein Eichelhäher. Aber dieser kleine Eichelhäher hat für einen kurzen Moment erreicht, dass wildfremde Menschen ihren Schmerz, ihre Trauer teilen. Ihre Ängste um das geliebte Haustier, das so manchem mehr bedeutet, als es jemals ein anderer Mensch vermag. Das Wartezimmer ist für einen winzig kurzen Moment erfüllt von Mitgefühl und ungeweinten Tränen. Und so winzig der Moment ist, so gewaltig, so beeindruckend und ergreifend ist er.

Ich steige ins Auto. Neben mir der leere Karton, der auf der Hinfahrt noch geraschelt und gepoltert hatte, als hätte er ein Eigenleben. Stille, das weiße zugeschnürte Paket neben mir. Ich kann nicht mehr. Ich heule Rotz und Wasser.

Ich weine nicht nur um den toten Vogel, den ich kaum kannte. Ich weine um Blitz, mein geliebtes Pferd, das ich vor vielen Jahren durch einen furchtbaren Autounfall verlor. Ich weine um meine beiden Brüder, die ich gar nicht kannte, weil ich zu der Zeit, als sie ertranken, noch nicht einmal gezeugt worden war. Ich weine um Chico, dessen Sterben, dass hoffentlich noch in weiter, weiter Ferne liegt, ich nicht ertragen werde. Ich weine all die ungeweinten Tränen. Ich weine um des Weinens willen.

Zu Hause angekommen, traue ich mich kaum, das weiße Paket, das die Leiche von Pupsi enthält, mit in die Wohnung zu nehmen. Wegen Rocky. Ich möchte gerne mit dem Abschiednehmen auf Nick warten. Wenigstens von den toten Vögeln soll er Abschied nehmen können. Wenn er schon nie dabei war, wenn die Vögel, die wir gemeinsam großzogen, beschlossen, in die weite Welt auszuziehen. So wie bei Frankie damals und auch bei Kalle.

Am Abend begraben wir sie nicht bei ihrem Geschwisterchen im Moor, sondern hier im Garten. Damit sie in der Nähe von Rocky sein kann. Armer Rocky Balboa, last bird standing. Jetzt muss er es alleine schaffen, so wie Kalle damals.

Ich liege die halbe Nacht wach, denke traurig an Pupsi und mache mir Gedanken, wie ich Rocky nun als Einzelkind großziehen soll, ohne dass er so zahm wird wie Kalle.

Ohne wirklich eine Lösung gefunden zu haben und noch etwas gerädert, mache ich am nächsten Vormittag mit Rocky unseren ersten Ausflug in den Garten. Ich lasse ihn frei herumhüpfen und zusammen schieben wir nach Insekten suchend das Laub zur Seite. Da fliegt er plötzlich auf, flattert einige Flügelschläge in Richtung Hecke und landet direkt auf Pupsis Grab. Dort sitzt er für einen langen Moment und putzt sich über sein Gefieder.

Ich schaue ihn mit großen Augen an und glaube für einen kurzen Augenblick an alles Übermächtige, Unerklärliche, an Wunder. Mir ist, als würde er Abschied von seiner Schwester nehmen. Als hätte irgendetwas in ihm, um ihn herum, ihn zu Pupsis Grab geführt. Dort sitzt er jetzt und lässt mich glauben, dass die beiden noch immer miteinander verbunden sind. Durch irgendetwas.

Ich glaube daran, nicht weil ich religiös oder so etwas bin. Sondern einfach, weil es sich gut anfühlt, daran zu glauben. Die Vorstellung hat etwas Tröstendes. Ich finde, alleine das gibt dem eine Berechtigung. Der Gedanke, dass es eine unsichtbare Kraft gibt, die alles zusammenhält und verbindet, hat etwas Zauberhaftes. Schließlich kann man heutzutage wie durch Geisterhand Briefe, Worte, Informationen schnurlos über die ganze Welt flitzen lassen. Dann ist doch der Gedanke, dass es noch viel mehr geben könnte, das wir zwar nicht sehen, aber durchaus die Wirkung wahrnehmen können, gar nicht so weit her geholt?

Dazwischen

Im Nebel
Seltsam, im Nebel zu wandern!
Einsam ist jeder Busch und Stein,
Kein Baum sieht den andern,
Jeder ist allein.

Voll von Freunden war mir die Welt,
Als noch mein Leben licht war;
Nun, da der Nebel fällt,
Ist keiner mehr sichtbar.

Wahrlich, keiner ist weise,
Der nicht das Dunkel kennt,
Das unentrinnbar und leise
Von allen ihn trennt.

Seltsam, im Nebel zu wandern!
Leben ist einsam sein.
Kein Mensch kennt den anderen,
Jeder ist allein.
(Herrmann Hesse, 1877-1962)

Kalle hat Nick eben angegriffen. Er hatte Kalle vorher auch geärgert, indem er ihn aus der Nähe ins Gefieder pustete, was Kalle gar nicht leiden kann. Kalle schielte Nick schon verdächtig schlecht gelaunt an. Aber das tut Kalle ja öfter. Deswegen haben wir uns beide ganz schön erschrocken, als Kalle plötzlich mit dem Schnabel schnappend aufsprang und Nick eine kleine Schramme an der Stirn zufügte. Wenn er sich derart angriffslustig anderen Menschen gegenüber verhält, müssen wir uns etwas überlegen.

Erst kürzlich beobachteten wir, wie Kalle den Nachbarn ärgerte, der ihn immer wild schimpfend und mit einem Handtuch nach ihm schlagend von seinem Balkon zu verjagen versucht. Wir dachten uns nichts weiter dabei, sondern amüsierten uns einfach nur köstlich, als wir die Szene beobachteten. Kalle saß auf dem Balkon des Nachbarhauses und putzte sich. Als der Nachbar mit seinem Auto auf den Hof fuhr, hielt Kalle inne und ging in

Position. Kaum war der Mann ausgestiegen, sauste Kalle los, um im Sturzflug haarscharf über dessen Kopf zu fegen. Siegessicher drehte er, seinen Feind verhöhnend, noch mehrere Runden über ihn hinweg. Dann suchte Kalle seinen Balkon wieder auf und brabbelte noch aufgeregt eine Weile vor sich hin.

Was, wenn Rocky sich ebenfalls zu einem unberechenbaren Kampfvogel entwickelt? Ein aggressives Wildtier, das vor Menschen keine Angst hat, wird schnell zu einem Problem und ist seines Lebens nicht mehr sicher. Kalle ist ohnehin nicht bei allen beliebt. Nicht jeder ist stolz darauf, wenn dieser Medienstar auf seinem Balkon herumhüpft, oder eigenständig in der Küche nach Essbarem sucht. Aber nicht jeder würde Kalle bewusst necken. Schon gar nicht würde jemand Kalles unmissverständliche und durchaus Angst einflössende Drohhaltung ignorieren.

Diese Drohhaltung nimmt Kalle übrigens sehr oft ein. Zum Beispiel wenn er gerade Zigaretten aus der Packung holt, und man sich erdreistet, ihm die Schachtel wegzunehmen. Dann hüpft er, eine 90°-Drehung beschreibend, einmal kurz hoch, krächzt sein fieses Krächzen, baut sich mit aufgeplustertem Gefieder vor einem auf, reckt den Kopf nach vorne seitlich, macht einen Buckel und starrt einen sehr, sehr böse an. Sein schwarzer, leicht geöffneter Schnabel lässt den Blick frei auf die tiefschwarze Zunge und den schwarzen Rachen. Dieser fast schon magisch anmutende, pechschwarze Schlund lässt mich immer an ein Höllentor denken und zieht mich jedes Mal aufs Neue in den Bann.

Vor ungefähr zwei Wochen, an dem Tag, als die fünf Eichelhäher zu uns kamen, führten wir ein längeres, folgenschweres Gespräch mit den Nachbarn vom Mehrfamilienhaus gegenüber. Von deren Balkon waren öfter Rufe ertönt wie: „Hau ab, du Drecksvogel!“ oder: „Geh nach Hause, du Mistvieh!“, die eindeutig an Kalle gerichtet waren. Ausgelöst wurde dieses Gespräch dadurch, dass eine Nachbarin, die unseren Kalle gar nicht leiden konnte, zufällig mitbekam, wie ich mich mit unserer Hausmitbewohnerin Frau Müller im Garten unterhielt.

Nick holte gerade eine Leiter, um eines der Küken von dem Balkon unter unserem zu bergen.

Wir hatten ganz zu Anfang gedacht, es wäre eine gute Idee, Udo Lindenberg und Pünktchen in den Benjamin auf unseren Balkon zu setzen, damit Dude und Jay sie weiter füttern könnten. Dies hatte sich zu diesem Zeitpunkt jedoch als keine gute Idee heraus gestellt. Die Beiden konnten zwar noch nicht fliegen, wussten dies aber offensichtlich nicht. So kam es, dass einer der beiden allen Mut zusammen genommen hatte und zuversichtlich durchgestartet war. Um im selben Moment, überrascht von der Schwerkraft, unsanft ein Stockwerk tiefer zu landen.

Während Nick also die Rettungsaktion des kleinen Flüchtigen vorbereitete, erzählte ich Frau Müller, die Kalle im Übrigen sehr zugetan war, von dem aufregenden Morgen und dass wir nun fünf Eichelhäher im Haus haben. Sechs mit Kalle. Als die Nachbarin, die auf Kalles Gesellschaft gerne verzichtete, das zufällig mit anhörte, bekam sie Panik. Die Vorstellung, dass gleich sechs „Kalles" ihre Balkondekoration verwüsten, war zuviel für sie.

Nachmittags versammelten sich sämtliche Mitbewohner des Hauses und unterhielten sich aufgeregt auf der Terrasse der besagten Dame. Wir standen gerade auf unserem Balkon und verwöhnten Kalle mit Käsestückchen. Als wir mitbekamen, dass unsere Eichelhäher Thema der hitzigen Diskussion waren, gingen wir herüber, um Aufklärungsarbeit zu leisten.

Nick übernahm zunächst den Part des Redens und ich war höchst beeindruckt von seiner Diplomatie. Ich musste sehr an mich halten, um nicht auszurasten. Die Frau schimpfte über Kalle und meinte, wir sollten ihn dahin bringen, wo er hingehöre, nämlich in den Wald. Nick erklärte ihr in einem bemerkenswert ruhigen Ton, auch wenn ich seine Anspannung dahinter spürte, dass diese Wohngegend sehr wohl das natürliche Habitat wilder Eichelhäher sei. Schließlich brüteten ja auch Dude und Jay in der Kastanie gegenüber. Er zeigte auf das verlassene Nest. Mal abgesehen davon gäbe es hier in Oldenburg nicht wirklich viel Wald. Und sicher, dort wo ein bisschen Wald sei, fände man auch Eichelhäher. „Ich finde es ja grundsätzlich gut, wenn sich jemand wie Sie um Tiere kümmert, aber...“, setzte sie an. Er unterbrach sie: „Aber Hauptsache auf einem anderen Planeten?“ Das war dann nicht mehr so diplomatisch.

Wir haben noch eine Weile versucht zu schlichten, indem wir Verständnis für ihren Unmut zeigten. Außerdem ermunterten wir sie, gerne Kalle mit der Wasserpistole zu beschießen, wenn er wieder die Dekoration vom Balkontisch sortieren würde und sie ihn nicht dort haben wollten.

Ich konnte zu diesem Zeitpunkt noch nicht ahnen, dass die Ablehnung gegen und die damit verbundenen Probleme mit Kalle, sich später ganz plötzlich in Luft auflösen, geschweige denn in Zuneigung verwandeln würden. In mir schlummerte seitdem stattdessen eine latent irritierende Unsicherheit, was die Aufzucht der mir anvertrauten Küken betraf.

Eine gesunde Distanz zu Pünktchen und Udo Lindenberg einzuhalten, war nicht schwer, da klar war, dass sie nicht lange bei uns bleiben würden. Aus dieser Sorge heraus hatten wir Pupsi und Rocky in den Waschraum verbannt. Was zu Pupsis Verhängnis wurde.

Jetzt, da Rocky alleine ist, befinde ich mich erst recht in einem Zwist. Ich möchte ihn wild halten, muss ihn aber gleichzeitig an mich und die Fütterung gewöhnen. Damit er sich vernünftig entwickeln kann, sollte das so stressfrei wie möglich erfolgen. Also brauche ich sein Vertrauen. Um sein Vertrauen zu gewinnen, muss ich ihn jedoch in gewisser Weise zähmen.

Umso besorgter war ich, als Rocky dann auch noch, wenige Tage nach Pupsis Tod, einen verletzten Flügel hatte. Ich befürchtete, dass er vermutlich noch länger hier bleiben müsse. Das hätte bedeutet, er würde sich zu sehr an Menschen gewöhnen, so wie Kalle. Ich fuhr schnell mit ihm zum Tierarzt, der dieses Mal zum Glück Entwarnung gab. Er machte mir mit den Worten Mut, die ich mir so sehr für Pupsi gewünscht hatte: „Der wird bald wieder! Wildvögel haben erstaunliche Selbstheilungskräfte!“ Tatsächlich hatte sich sein Flügel schnell wieder erholt.

Mir bleibt die Hoffnung, dass Kalle und Rocky eines Tages zusammen losziehen und dadurch, dass sie sich hätten, die Menschen immer unwichtiger für sie werden würden.

Während ich über diese Dinge sinnierend gerade meinen Wagen sauber mache, steigt jene Dame von Gegenüber aus ihrem Auto. Zunächst tue ich so, als sehe ich sie nicht und befreie höchst geschäftig mein Auto weiter von Hunde- und Pferdehaaren, um seine Funktion als mobile Sattelkammer vorübergehend aufzuheben. Schließlich sollen Nick und Jo, die ich morgen zum Flughafen bringen werde, sich wohl fühlen. Vor allem soll ihr Gepäck auch irgendwo Platz finden.

Zwei lange Wochen wird er weg sein. Mir ist dabei etwas mulmig zumute, obwohl ich ohnehin die Vögel meistens alleine versorgt habe und jetzt nur noch Rocky meine Hilfe braucht. Aber der Wert mentaler Unterstützung wird mir fehlen. Die Freude um die kleinen Erfolgserlebnisse ist mindestens doppelt so groß, wenn man sie mit jemandem teilen kann. Die Trauer um Rückschläge mindestens halb so schwer, wenn mehrere Schultern sie tragen.

Kurz bevor die Dame von Gegenüber im Hof verschwindet, überwiegt dann doch meine Neugier, ob sich inzwischen, nach fast zwei Wochen, etwas getan hat. Scheinbar zufällig strecke ich meinen Kopf aus dem Auto hervor: „Moin! Na, endlich Feierabend?“ Smalltalk war noch nie meine Stärke. Aber offensichtlich ihre. Noch bevor ich sie fragen kann, ob Kalle sie immer noch nerve, plaudert sie schon drauf los.

Ich staune nicht schlecht, als sie voller Stolz erzählt, dass sie Kalle inzwischen ins Herz geschlossen hätte. Sie berichtet leidenschaftlich, während die Sonne dieses viel zu heißen Julitages mir auf den Schädel brennt, in allen Einzelheiten ihre Begegnungen mit Kalle. An welcher Naht ihrer Tischdecke er am liebsten zupft. Wie sie den Aschenbecher vor ihm rettet. Wie er sich in ihr Wohnzimmer schleicht. An welchen Stellen sich sein Haufen gut und wo er sich weniger gut entfernen lässt usw. Sie hätte sich sogar große Sorgen gemacht, als Kalle kürzlich zwei Tage lang fortblieb.

Ich bin so überrascht und glücklich darüber, dass ich sie – auch zu meiner Überraschung – in die Arme nehme. In diesem Moment kommt Nick gerade von der Arbeit. Sie erzählt ihm alles noch einmal in derselben Detailfreude, während ich lächelnd und dankbar daneben stehe. Kalles Angriff von heute Morgen erwähnen wir natürlich nicht. Wir wollen nicht kaputt machen, dass Kalle nun einen Feind weniger und einen Freund mehr hat. Als wir uns schließlich verabschieden, habe ich einen Sonnenbrand. Aber das ist es mir wert.

Unruhig wälze ich mich hin und her und versuche eine geeignete Schlafposition zu finden. Verflixter Sonnenbrand! Nicht in der Lage, mich in einen seligen Schlaf zu flüchten, sehe ich mich plötzlich einer Sturmflut an Gedanken ausgeliefert. Wann würde ich endlich begreifen, dass die Ansichten und Meinungen vieler Menschen so wankelmütig, so unstabil, so veränderlich sind?

Ich hätte mich in den vergangenen zwei Wochen weniger quälen müssen, wäre mir egal gewesen, was die anderen dachten. Stattdessen bedrückten mich überflüssige Gedanken und Sorgen. Auf der einen Seite schloss ich Rocky immer mehr ins Herz und bemühte mich nach Kräften darum, ihm dabei zu helfen, ein kluger und gesunder Vogel zu werden. Auf der anderen Seite hämmerte mein manchmal so zermürbender Verstand in meinem Hirn und brüllte: „Zeitverschwendung! Das gibt nur noch mehr Probleme mit der Nachbarschaft! Der wird niemals richtig wild! Er wird sowieso vor Hunger krepieren, wenn du ihn freilässt. Oder nur Ärger machen, so wie Kalle."

Ich hätte das ignorieren und einfach tun sollen, was ich ja sowieso getan habe, weil ich nicht anders konnte. Ich hätte mich einfach nur daran erfreuen sollen. Ich hätte mir die bedrückenden Gedanken sparen können. Es hätte am Ergebnis nichts geändert. Aber die Zeit hätte eine andere Qualität gehabt.

Stattdessen verbrachte ich die meiste Zeit in einer Art „Dazwischen" und nicht, was ich sehr bedauere, mit meinem Herzen im Hier und Jetzt. Schleichend und kontinuierlich schwanden meine Kräfte, meine Zuversicht.

Diese Stimmung breitete sich auf sämtliche Lebensbereiche aus. Meine beschränkte Sicht richtete sich vorwiegend auf Schattenseiten.

Nachdem ich doch noch etwas Schlaf gefunden habe, erwache ich zunächst mit der tröstenden Gewissheit, dass Kalle nun nicht mehr gehasst wird. Keiner wird mehr mit einem Handtuch nach ihm schlagen. Höchstens mit Wasser nach ihm spritzen. Aber das ist vertretbar.

Mit neuer Zuversicht fahre ich Nick und Jo zum Flughafen. Sie steigen aus, holen ihr Gepäck aus dem Kofferraum. Nick ist kein großer Freund von langen Verabschiedungen. Also macht er es kurz.

Ich steige wieder in mein Auto. Es ist so schön aufgeräumt und sauber. Ungewohnt sauber. Fremd fühlt es sich an. Ich winke. Sie winken, drehen sich um und sind schon verschwunden.

Natürlich verfahre ich mich erst einmal in Bremen. Finde nach wiederholtem Fragen endlich den Weg. Fahre nach Hause. Denke darüber nach, dass ich nun zwei Wochen alleine sein werde.

Ich habe keine Angst vor dem Alleinsein an sich. Im Gegenteil: ich ziehe mich sehr gerne zurück und brauche auch viel Zeit für mich. Aber ich habe Angst davor, zu erkennen, wie einsam ich mich oft fühle, wenn ich mit ihm zusammen bin.

In mir beginnt es zu strampeln. Ich ahne sie, fühle sie kommen. Ich dachte, ich hätte sie hinter mir gelassen. Aber nun ist sie wieder da.

Sie klammert sich an meine Beine, zieht mich unentrinnbar nach unten, wirft mich zu Boden, hockt auf meinen Schultern, rüttelt an mir und drückt mich in einen Sumpf. Sie weitet sich in alle Bereiche aus, quetscht sich durch jede Ritze und wirft ihren Schatten über alles.

Wo eben noch alles im strahlenden Licht glänzte, ist jetzt grauer, dreckiger, modriger Staub. Was eben noch richtig war, fühlt sich jetzt falsch, verlogen und zweifelhaft an. Wo eben noch Beweglichkeit war, dominiert jetzt Starre, Schmerz und Müdigkeit. Trägheit, die sich über alles legt. Die alles niederreißt. Keine Kraft mehr das Nötigste zu tun. Es gibt es gar nicht mehr, das Nötigste.

Nichts ist mehr nötig, notwendig. Nur noch eine einzige große Not. Alles wird in Frage gestellt.

Ein verwaister Eichelhäher ist nicht mehr ein mystischer Bote, ein spannendes Tier, dessen Entwicklung beobachten zu dürfen ein Geschenk ist. Sondern ein von der Natur zum Sterben verurteiltes, aus genetischer und evolutionsbiologischer Sicht unbrauchbares Etwas, jeder Mehlwurm Geldverschwendung.

Der Hund hat nicht mehr den Job, Gefährte zu sein. Stattdessen kommt er nur noch zu kurz.

Das Pferd ist nicht länger Kumpel und die Freude an ihm nicht mehr gerechtfertigt allein durch seinen Anblick. Jetzt ist es andauernd unterfordert und seinem Potential wird nicht gerecht.

Die Arbeit ist nicht mehr Dienst am Menschen und Freude, andere Menschen teilhaben zu lassen an dem Geschenk, mit Pferden zu sein. Eher leeres, unlukratives Geschwätz, verprasste Gelder für eine verschwendete Ausbildung.

Der Partner ist nicht mehr Geborgenheit, Sicherheit und Liebe. Vielmehr Fehlbarkeit, unerfüllte Bedürfnisse und missratene Sehnsüchte.

Der Rücken ist nicht mehr auf dem Weg der Besserung. Sondern immer noch schwach und schmerzhaft.

Spiritualität ist keine Stütze mehr. Sie entpuppt sich als Gefängnis, dem es zu entrinnen gilt, weil es einen in die Irre führt.

Der Verstand ist nicht mehr hilfreiches Werkzeug, um Ziele zu erreichen. Er entblößt sich jetzt als hämisch grinsendes Monster, das sich voller Schadenfreude die Lippen leckt und darauf brennt, die Tränen, die nicht fließen, aufzusaugen. Und mit ihnen die letzte Kraft, die noch in den Adern fließt und die einen gerade so aufrecht hielt.

Ich muss mich aus diesem Nebel befreien. Die Tage plätschern vor sich hin, an mir vorbei. Alles was ich tue, scheint uneffektiv und unproduktiv. Ich reiße mich zusammen und beschließe, aufgeschobene Besorgungen in der Stadt zu erledigen.

Als ich an diesem sonnigen, schwülen Nachmittag Richtung Innenstadt fahre, sehe ich einen Mann, der zwischen Bürgersteig und Fahrradspur entlang schwankt. Zwischendurch stützt er sich an der Wand eines Hauses ab. Er ist einer der Obdachlosen, deren Gesichter man irgendwann wieder erkennt. Offensichtlich ist er betrunken.

Zuerst empfinde ich Abscheu, dann Mitleid. Dann fällt mir ein, was kürzlich eine esoterische Bekannte über Menschen sagte, die sich in einer schwierigen Lebenssituation befinden. Sie hätten sich das selber ausgesucht. Sie hätten jederzeit die Möglichkeit sich dafür zu entscheiden, einen anderen Weg einzuschlagen, ein anderes Leben zu führen.

Ich beobachte Kalle gerne bei seinem Treiben. Wenn er unsere Wohnung auf den Kopf stellt. Oder einfach nur, unsere Gesellschaft genießend, auf einer Stuhllehne herumsitzt und uns anschaut.

Auch ein Eichelhäher trifft Entscheidungen. Nicht so gewichtige. Aber er trifft welche. Zum Beispiel, ob er die Münze nun lieber in dem Telefonbuch versteckt oder doch lieber zwischen den Lüftungsschlitzen des Fernsehers. Er scheint manchmal lange darüber nachzudenken, ob er wieder hinaus fliegen, oder sich lieber noch ein paar Würmer einverleiben soll.

Auch damals traf er eine Entscheidung. Als er mutterseelenallein und hungrig draußen vergebens nach uns gerufen hatte. Irgendwann traf er die Entscheidung, einen Balkon anzufliegen, auf dem er Menschen beziehungsweise Futter vermutete. Möglicherweise war er bei diesem ersten Versuch leer aus gegangen und entschied sich dazu, einen anderen Balkon anzufliegen. Bis er irgendwann zufälligerweise auf einen mitfühlenden Menschen traf, der ihm etwas zu Fressen anbot.

So fand er, dank seiner Entscheidungen und dank glücklicher Zufälle, seine Nische. Seine ganz persönliche Strategie, den härtesten Winter dieser Stadt seit dreißig Jahren zu überstehen. So kam er durch glückliche Umstände nach seinem Unfall wieder zu uns. Damit wir ihm noch einmal das Leben retten konnten.

Entscheidungen zu treffen ist ohne Frage enorm wichtig. Aber damit allein ist es längst nicht getan. Die Esoteriker sagen es, die Führungskräftetrainer, die Pädagogen, Eltern, Freunde etc.: man müsse nur eine Entscheidung treffen und alles würde seinen Lauf nehmen.

Wenn das so einfach wäre. Ein passendes Oberteil zur Hose auszusuchen ist eine verhältnismäßig leichte Entscheidung. Schwieriger wird es, wenn auch noch der BH-Träger zu dem Top und der Hose und auch noch zu den Schuhen passen soll. Wie schwierig muss es erst sein, sich entscheiden zu müssen, mit dem Pennerleben aufzuhören?

Es ist schwierig genug, sich Tag ein, Tag aus immer wieder für Loslassen oder Festhalten zu entscheiden. Kinderlos bleiben oder nicht. Wie schwierig die daraus resultierende Entscheidung, den Freund nach zehn Jahren fruchtlosen Hoffens zu verlassen. Oder ihn nicht zu verlassen und, auf wesentliche Bedürfnisse verzichtend, sich selbst zu verleugnen. Um dann leer da zustehen, wie meine Bekannte.

Sie hatte jahrelang die Hoffnung nicht aufgegeben, ihr Freund würde irgendwann seine Einstellung ändern, würde sich weiterentwickeln und eines Tages Kinder mit ihr haben wollen. Nach zehn Jahren, als sie bereits vierzig Jahre alt war, hat er sie für eine Jüngere verlassen. Mit der er dann Kinder hatte.

Am besten, man tut es den Eichelhähern gleich und fällt banale, unauffällige Entscheidungen. Die nicht solche gewichtigen Konsequenzen nach sich ziehen.

Ich entscheide zunächst, meine Besorgungen weiter zu erledigen. Wieder zu Hause, entscheide ich, erst einmal keine große Entscheidung zu treffen und setze mich resigniert und frustriert auf das Sofa.

Eine Elster setzt sich auf den Balkon und stolziert auf dem Geländer herum. Bleibt stehen, guckt ins Wohnzimmer herein. Sieht mich an, während ich vom Sofa aus hinausstarre. Sie sieht mir direkt in die Augen. Ein Gefühl beschleicht mich, sie wolle mir etwas sagen. Der Verstand raunt mir unverhohlen zu, ich solle die Klappe halten und nicht so einen Unsinn denken.

Ich stehe auf, um Rocky zu füttern, der von seinem Nickerchen aufgewacht ist, herzhaft gähnt und sein Gefieder in alle Richtungen streckt. Das Aufwachritual endet im Ausfahren der dünnen Beinchen in Manier eines Inspektor Gadgets, wenn dieser teleskopartig seine Körperteile ausfährt. Mein Herz wird etwas weicher und traut sich ein leises Lachen. Sein goldiges Aussehen, seine unbeholfene Art, das Futter anzunehmen, trifft mitten ins Herz.

Zunächst besteht er darauf, dass ich ihm den Mehlwurm wie einem erwachsenen Vogel reiche. Also nehme ich die zappelnde Made zwischen meine Finger und halte sie vor seinen Schnabel. Er greift sie vorsichtig mit seiner Schnabelspitze, legt sie zurück in meine Hand, um sie sich dann gleich wieder zu nehmen. Offensichtlich einem Reflex folgend, streift er mit kräftigen Wischbewegungen an meiner Hand nicht vorhandenen Schmutz von dem Wurm ab. Endlich lässt er ihn mit einem eleganten, schwungvollen Wurf hochschnellen, um ihn wieder zu schnappen und zu schlucken. Das erinnert mich daran, wie wir früher Popcorn hoch geworfen und mit dem Mund aufgefangen haben. Jeder dritte Wurm landet sogar in seinem Schnabel.

Dann vergisst er für einige Augenblicke, dass er im Begriff ist, erwachsen zu werden und sperrt mit weit aufgerissenem Schnabel und aufgeregt flatternden Flügeln, begleitet von kindlichem Gezeter gierig nach meinen Fingern.

Die Elster fliegt weg. Der Tag nimmt seinen Lauf. Vergeht irgendwie. Verabschiedet sich, einen bitteren Nachgeschmack hinterlassend. Es schmeckt nach Versagen, nach Scheitern, nach Fehltritten und Irrwegen.

Am nächsten Morgen sitzt die Elster wieder da. Schaut mich scheinbar durchdringend an. Bleibt noch eine Weile sitzen. Mittags sitzt eine Taube genau dort, wo die Elster morgens gesessen hat. Schaut mich an, mit einem beinahe tiefgründigen Blick aus gelben, starren Augen. Bleibt lange sitzen und putzt sich schließlich. Neben ihr landet eine Amsel, die mich ebenfalls lange fixiert. Ein Schauer durchfährt mich und ich wende mich ab.

Eine Libelle landet auf Chicos Kopf, als ich nachmittags mit ihm und Sulamin im See plansche, halb da, in meiner Zwischenwelt. Kämpfend darum, nicht unterzugehen. Mit den Füßen noch den Boden erreichend, um nicht zu ertrinken. Die Libelle auf Chicos Kopf lässt sich vergnügt über den See tragen. Vierblättrige Kleeblätter recken sich mir entgegen. Aber ich pflücke sie nicht mehr, da ich schon Hunderte im Laufe meines Lebens gefunden habe.

Schwarzweiß

Der Herr am Hochberg liebt sie,
die leisen Vögel aus der schwarzen Welt.
Sie wissen nicht um ihre Trauer, und sie ahnen nur,
dass sie ein alter dumpfer Fluch entstellt.

Sie sind die weißen Schatten vor der Sonne;
ihre Wohnung kreist im Nirgendwo.
Sie können nur ein kleines Sein erfahren
und fragen nicht nach dem Warum und dem Wieso
(Heidemarie Lenz: Der Herr am Hochberg[4])

In der folgenden Zeit sucht die Elster noch oft den Balkon auf. Auf meinen Ausritten begegne ich immer wieder fünf Störchen, schwarzweiße Schafe grasen am Deich und schwarzweiße Kühe glotzen mich an. Schwarzweiß, inmitten der grünen Natur.

Mein Denken ist schwarzweiß. Ich kann das Dazwischen nicht mehr sehen. Keine Farben. Nicht einmal mehr Grautöne. Ein negativer Gedanke jagt den nächsten in einem fort. Ich stelle alles in Frage: meine Beziehung mit Nick, meine Arbeit, mich selbst. Wertlosigkeit ergreift mich. Ruhelosigkeit verfolgt mich bis in den Schlaf. Dunkle, verworrene Träume. Kaum wach geworden, überfällt mich ein düsterer Gedankenstrom gleich einem reißenden Fluss nach einem Dammbruch.

Nicht einmal Rocky schafft es mich an diesem Morgen durch sein drolliges Gehabe aufzuheitern. Außerdem fehlt mir der vertraute Umgang mit Kalle und ich mache mir Sorgen um ihn. Er lässt sich schon seit einigen Tagen nicht blicken.

Ich sehne mich nach Bestätigung, nach einer Form der Anerkennung. In irgendeiner Hinsicht. Doch ich bekomme sie weder für meine Arbeit, noch für meine Putzanfälle in der Wohnung, noch für irgendetwas. Was ich

---

[4] mit freundlicher Genehmigung von Frau Heidemarie Lenz, www.medizinrad.at/gedichte.htm

bekomme sind Kritik, Abwehr, Distanzierung. Das Innere gespiegelt im Außen.

Ich versuche mich selbst aufzuheitern, indem ich bei einem Ausflug mit meinen Pferden und Chico sinnlos reime. Ich muss tatsächlich auch einmal grinsen bei der Vorstellung, während einer Unterhaltung mit ernsthaften Menschen über ernsthafte Themen, eine ernsthafte Miene aufzusetzen, um dann mit ernsthafter Stimme meine Reime zum Besten zu geben: „Eine Fliege sitzt auf einer Ziege, eine Bremse auf einer Gemse.“

Während ich mich trotz kläglicher Selbstaufheiterungsversuche weiterhin in meinen negativen Gedanken suhle, denke ich über meine Arbeit nach. Bestürzt stelle ich fest, dass ich froh bin, momentan nur wenige Termine zu haben.

Mein Plan, Pferdebesitzern einen neuen, wissenschaftlich fundierten Weg aufzuzeigen, mit ihrem Pferd besser klar zu kommen, droht zu scheitern. Ich empfinde dieses Unterfangen mittlerweile als äußerst schwerfällig und aussichtslos. Manchmal scheinen sie mich einfach nicht zu verstehen. Oder bin ich diejenige, die offensichtlich darin versagt, die Menschen und ihre Pferde dort abzuholen, wo sie gerade stehen? Das schwierigste dabei ist, herauszufinden was die Frauen im Hinblick auf ihre Pferde eigentlich wollen. Beziehungsweise, was sie bereit sind, zu ändern.

Sie wollen gerne die Natur ihrer Pferde besser verstehen. Aber sie weigern sich, einzusehen, dass ein Pferd ein Pferd ist. Mit Fluchtinstinkt, Herdentrieb etc. Sie hören mir aufmerksam zu, bis ich an die Stelle komme, in der ich erkläre, dass ein Pferd ausgeglichener, zufriedener und motivierter sei, wenn es artgerecht gehalten würde. Sie scheinen das einfach auszublenden. Holen ungerührt ihr Pferd aus dem Gitterkäfig, in dem es täglich 23 Stunden am Stück herum steht.

Einmal traute ich mich: „Sagen Sie, welche Eier kaufen Sie eigentlich? Aus Freiland- oder Käfighaltung?“ Sie schaute mich etwas irritiert an, bevor sie antwortete: „Natürlich aus Freilandhaltung. Ich bin doch kein Unmensch!“

Glücklicherweise hat sich die Offenstallhaltung auch bis hier in den Norden herum gesprochen. Die traditionelle Käfighaltung der Pferde wird allmählich durch etwas artgerechtere Haltung ersetzt.

Treffe ich auf eine Pferdebesitzerin, die der Offenstallhaltung und artgerechten Haltung zugetan ist, stoße ich auf ein anderes, mittlerweile sehr verbreitetes Phänomen. Das Thema artgerechte Pferdehaltung ist schnell abgehakt. Genauso schnell werde ich in meinen Ausführungen über das natürliche Verhalten des Pferdes abgewürgt.

Ich will gerade damit beginnen, über die Wahrnehmung und Sinnesmodalitäten zu referieren und darauf aufmerksam machen, dass es so manche Ähnlichkeit zwischen Pferd und Mensch gibt, um dann die Unterschiede zu betonen. Leider komme ich oft nur bis zu dem Punkt, dass Pferde in mancher Hinsicht eine feinere Wahrnehmung als wir besitzen. Als nächstes würden Beispiele folgen: Pferde können besser riechen und besser hören etc.

Meine mir an den Lippen hängende Zuhörerin reißt jedoch ihre Augen weit auf und strahlt mich an, in der vermeintlichen Gewissheit, eine Gleichgesinnte gefunden zu haben. „Ja genau, damit habe ich mich auch mal befasst. Pferde haben eine viel feinere Wahrnehmung und deswegen kann man mit ihnen auf telepathischer Ebene kommunizieren!“, ereifert sie sich. „Äh, nee. Das meine ich jetzt nicht. Ich rede von den Sinnen...“, versuche ich zu intervenieren. Aber sie hat schon Feuer gefangen: „Ich habe ja auch mal eine Tierkommunikatorin beauftragt und sie hat herausgefunden, dass ...“

Dann folgt in der Regel eine leidenschaftliche Schilderung, wie das Pferd seine ganz furchtbar schlechten Erfahrungen als Fohlen oder aus seinem früheren Leben dieser Tierkommunikatorin in Form von Bildern und Gefühlen mitgeteilt habe. Dazu habe sie der Frau lediglich ein Foto ihres Pferdes schicken müssen. So einfach wäre das gegangen! Und jetzt sei es zum Glück endlich bei der richtigen Person gelandet. Nun könne sie ihm dabei helfen, sein Trauma zu überwinden. Dann wird dem Pferd ein Brief geschrieben oder sich auf die Weide oder in den

Stall gesetzt und telepathisch mit dem Pferd kommuniziert.

Es ist schwierig, dieser Person dann noch etwas über Verhaltensbiologie und pferdegerechten Umgang zu erzählen. Es kommt mir dann unbedeutend vor, so triviale Sachen wie Herdenstruktur, Rangordnungen und Signale mittels Körpersprache anzusprechen.

Bei einer anderen Gelegenheit höre ich einem Gespräch zu, bei dem es um die „Korrektur" eines kopfscheuen Pferdes geht. Ich halte mich aus diesem Gespräch bewusst heraus. Was soll ich auch dazu sagen? Dieses Pferd dürfe man laut Tierkommunikatorin tunlichst nicht mit feinfühliger Desensibilisierung behandeln. Das wäre aus verhaltensbiologischer und aus der Sicht eines bodenständigen, kompetenten Trainers eine logische Herangehensweise. Doch das Pferd habe gesagt, es wolle, dass sein Mensch seine Schwäche respektiere. Es würde am Kopf nicht berührt werden wollen, da es traumatisiert sei.

Im ersten Weltkrieg wurde ihm nämlich, bei dem Versuch, seinen Reiter zu retten, ein Bajonett ins Auge gestoßen. Aha.

Wer weiß: vielleicht lebte mein Araber Sulamin in einem früheren Leben in Ägypten. Ist ja als arabisches Pferd nicht ausgeschlossen. Dort wurde er vielleicht genauso gequält wie all die Esel und Pferde, die noch heute nicht nur in Ägypten grausam malträtiert und missbraucht werden. Aber wenn es so wäre, könnte ich auch nichts dagegen tun. Genauso wenig, wie ich als Neunjährige etwas dagegen tun konnte.

Damals lebte meine Familie aus beruflichen Gründen meines Vaters für mehrere Jahre in Kairo. Die deprimierende Armut der Menschen nahm ich kaum wahr. Das Elend der Tiere dort beanspruchte und überforderte mich schon genug. Zunächst war ich fassungslos, dann entsetzt, schließlich wütend und voller Hass und Ablehnung. Was blieb war Hilflosigkeit und Ohnmacht. Mir blieb nur wegzusehen. Ich verstand die Welt nicht mehr. Meine unschuldige, naive, heile Weltsicht war ab da für immer verloren.

Zu jener Zeit leidete ich unter meiner ersten Depression. Neben Rosa war Grau meine Lieblingsfarbe. Die Farbe Rosa zog mich immer wieder aus meinem Grau. So grau, wie die Esel, die blutig geprügelt wurden. Mit eitrigen Stellen unter den Schnüren und Drähten, welche als Geschirr dienten. So grau, wie die Esel, die ungeachtet ihres elenden Zustands und ungeachtet ihrer offensichtlichen Schmerzen, weiterhin überladen wurden und schwere Karren ziehen mussten. Das war grausam und die Bilder werde ich mein Leben lang nicht mehr vergessen.

Die Zeit in Ägypten hat mich sehr geprägt und sicherlich den Grundstein für meine Beziehung zu Tieren gelegt. Der Umgang mit Tieren war seit jeher ein wesentlicher Bestandteil bei der Suche nach der persönlichen Definition meines Selbst.

Ich hatte einmal einen einprägsamen, mich bis heute begleitenden Traum: Jesus schenkte mir eine königsblaue Kugel, mit der ich einen durchsichtig blauen Schimmer über die Tiere legen konnte. So umhüllt waren sie geschützt und konnten Schmerz und Gewalt aushalten. Königsblau ist noch heute meine Lieblingsfarbe. Seitdem bewege ich mich spiralförmig. Mal weiter weg von meiner Spiritualität, mal wieder ganz nahe.

In dieser Spirale wird mir manchmal schwindelig. Meist ist es ein gutes, lebendiges, glückerfülltes Schwindelgefühl. Ich werde schwindelig dabei, weil ich in die eine Richtung blicke und die Brücke zu der anderen Richtung sehe. Ich sehe überall Verbindungen, gleich Spinnenfäden, die durch Tau auf den Wiesen sichtbar werden und alles miteinander verknüpfen. Ich weiß dann nicht, wo ich zuerst hin sehen soll. Ich suche nach Worten, hinterher hinkend und kaum alles das benennen könnend, was benannt werden will.

Dann wieder hängt ein undurchdringlicher Nebel über meiner inneren Landschaft, der mir jegliche Orientierung raubt. Verloren irre ich umher und halte verzweifelt an der Hoffnung fest, dass die Sonne bald wieder scheint. Es fühlt sich an, als würde ich mich in einer Art Zwischenwelt aufhalten.

Schwankend hin und her gerissen zwischen der Welt der Wissenschaft und der Spiritualität. Der Welt der Tiere und der Menschen. Zwischen der Welt der Sehnsucht nach Geborgenheit und Sicherheit und der des Strebens nach Unabhängigkeit und Flexibilität. Schwankend zwischen Bedürfnissen und Sehnsüchten und einem Leben, wie es die Gesellschaft von mir erwartet. Beziehungsweise was ich denke, was sie von mir erwartet.

Auf der einen Seite die leise, gedämpfte Stimme, die sich sanft aus den Untiefen meines Selbst Gehör zu verschaffen versucht. Eine Kakophonie vermeintlich unfehlbarer, unumstößlicher Normen und Werte auf der anderen Seite.

Ein zweifelhaftes Mischkonstrukt aus Ansichten meiner Familie, Freunde und Bekannten. Aus durch Medien subtil suggerierten Meinungen und weiteren, hie und da aufgeschnappten Anschauungen. Ein klappriges Gerüst, das während der Schulzeit und des Studiums und meiner Arbeit als Wissenschaftlerin immer mehr Gestalt annahm.

Ich bin sicher, dass ich nicht alleine bin mit meinem Gefühl, dazwischen zu sein. Gefangen und hin und her gerissen, unsicher, orientierungslos, im ständigen Bemühen, einen Weg zu finden, Ziele zu setzen. Immer im Hinterkopf der wohlbekannte Kalenderspruch: „Der Weg ist das Ziel."

Ich weiß, dass ich damit nicht alleine bin. So mancher Frau habe ich bereits im Zuge meiner Arbeit erfolgreich Impulse geben können, einen Weg aus diesem emotionalen Ratiodschungel hinaus zu finden und zu beschreiten. Wenn ich doch nur mir selber diese Impulse geben könnte.

Die Tauben, Elstern und Amseln suchen noch mehrere Tage lang geradezu aufdringlich den Balkon auf. Auf meinen Ausritten am Bornhorster See treffe ich jedes Mal auf die Störche, die zwischen Kühen und Schafen herum stolzieren. Einmal sind es sogar neun an der Zahl.

Vielleicht sind die Amseln und Tauben immer so präsent. Vielleicht marschiert die Elster öfter das Balkongeländer entlang. Sicherlich werden all die Vögel angelockt durch Kalles Futterreste in der Voliere. Auch Kohlmeisen sind schon lange unsere Stammgäste. Vielleicht haben sich die Störche in den letzten Jahren erfolgreich vermehrt und sind deswegen so zahlreich und allgegenwärtig. Vielleicht schwirren an anderen Tagen auch Libellen herum, um auf den merkwürdigsten Orten, wie dem Schädel eines schwimmenden Hundes, zu landen. Und vielleicht bedeuten vierblättrige Kleeblätter gar kein Glück.

Aber noch nie zuvor habe ich wahrgenommen, dass Wildvögel, bis auf Kalle, so lange in meiner Nähe sitzen und mir direkt in die Augen sehen. Und niemals zuvor habe ich so häufig so viele Störche gesehen.

Mein Verstand verbietet mir nachdrücklich, so etwas auch nur zu denken, aber möglicherweise versucht meine Seele, mein Unterbewusstsein, mich durch den Spiegel meiner Umwelt, in Form dieser Boten, zu erreichen.

Dörthe schenkte mir einmal ein Buch über die Symbolik von Tieren. Zu diesem Zeitpunkt nannte ich Dörthe noch meine Freundin, bevor sie schließlich dramatisch in ihre Esoterikwelt abdriftete.

Ich beschließe, einen Blick in das Buch zu werfen, mich dabei krampfhaft vor meinem aufbäumenden Verstand rechtfertigend: Vielleicht hat der Mensch im Laufe seiner Evolution bestimmte Eigenschaften mit den Tieren und Pflanzen in Verbindung gebracht und für sich genutzt. Die Integration dieser Eigenschaften in die eigene Persönlichkeit ist heute sicher auch noch sinnvoll.

Nein, ich darf nicht an so etwas glauben, an Engel und Krafttiere und den ganzen Kram. Sonst wäre ich wie Dörthe, die überall Botschaften von Tieren und Pflanzen sieht und ihr Leben danach ausrichtet. Narzisstisch, egozentrisch und auf Kosten anderer trifft sie Entscheidungen, wenn ein Engelwesen ihr in Form eines Rotkehlchens abstruse Botschaften übermittelt. Oder verändert ihr Leben essentiell auf Anraten ihres Hundes. Nein, so will ich nicht sein.

Ich finde es faszinierend, mir das Universum als Energie vorzustellen. Energie in vielfältigster Form. Blaues Licht besitzt mit seinen kürzeren Wellenlängen sehr viel mehr Energie als das langwelligere rote Licht.

Und auch Geräusche, Töne bestehen aus nichts anderem als Energie. Das alles würde genauso existieren, wenn es keine Menschen oder Tiere gäbe, die Farben sehen, Töne hören, oder gar das Magnetfeld wahrnehmen könnten.

Ich empfinde es als wunderbares Geschenk, Sinneszellen zu besitzen, die auf eine bestimmte Energieform reagieren und ein Gehirn, das diese Informationen integriert und mich Gefühle, Bilder und Assoziationen erleben lässt.

Vielleicht steht hinter Eigenschaften wie Vernunft oder Leidenschaft ebenfalls eine Energie. Gut vorstellbar ist zumindest, dass hinter Trägheit offensichtlich weniger Energie steht, als hinter Euphorie. Vielleicht entwickeln wir irgendwann eine Technik, mit der wir diese Energie messen können.

Vielleicht haben die Menschen früher in Ermangelung eines solchen Messinstruments die Engel erfunden. Eigenschaften wie Vernunft oder Vertrauen werden greifbarer, wenn sie zur besseren Veranschaulichung personifiziert werden. Möglicherweise steht sogar hinter der evolutiven Erfindung des Wolfes, des Vogels oder sonst einem Tier eine bestimmte Energie.

Indianer versuchten diese vielleicht mithilfe der Krafttiere greifbar zu machen. Es heißt, viele indianische Stammeskulturen leben in der Überzeugung, Menschen und Tiere seien seelenverwandt und legten sich lediglich eine Verkleidung an, um eine Kraft sichtbar zu machen und sich gemeinsam zu entwickeln.

Wie auch immer, ich schnappe mir das Buch[5], und blättere darin herum. Dort lese ich:

Amsel: ... Ihr Gesang spiegelt die Vielfalt der Laute, Melodien und Töne wider, mit denen trübe Gedanken verscheucht werden können ... Von ihrer dunklen Seite betrachtet, sagt uns die Amsel, dass wir nicht soviel

---

[5] Ruland, J: Krafttiere begleiten dein Leben. Schirner Verlag, Darmstadt, 2. Auflage 2004

in den Augenblick hineininterpretieren, sondern gegenwärtiger sein sollen bei dem, was wir gerade tun.

Na dann, denke ich und interpretiere nicht so viel da hinein. Völlig gegenwärtig bei dem, was ich gerade tue, lese ich weiter:

Der Eichelhäher: ... Der Eichelhäher lehrt uns, nicht nur zu denken, sondern auch zu handeln ... Er beobachtet seine Umgebung genau und warnt die Wesen des Waldes vor Eindringlingen und Gefahren ... Er beschützt uns in sicherer Entfernung auf unseren inneren Reisen in der Natur. Das Ei, welches der Eichelhäher beim Plündern fremder Nester aufliest, steht für Entwicklungspotenzial. Von seiner dunklen Seite betrachtet, kann der Eichelhäher deshalb für verhinderte Weiterentwicklung stehen, für Hoffnungslosigkeit, Ungeduld und Energieraub.

Dem kann ich nun aufrichtig beipflichten, so hoffnungslos und energielos ich mich oft fühle. Ich betrachte Rocky. „Na, kleiner Vogel, Wächter des Waldes! Bist du hier, um mich zu lehren, nicht nur zu grübeln, sondern auch zu handeln? Warnst Du mich vor Gefahren und hilfst mir, mich weiter zu entwickeln? Das wäre schön." Kritisch blättere ich mich ein paar Seiten weiter zum Kapitel über die Elster:

Elster: .... Sie bringt den Ausgleich zwischen den Kräften. Sie hilft uns, unsere Mitte zu finden und damit den rechten Weg. ... Sie ist ein immer wiederkehrender Vogel und steht für Treue, Schutz und Begleitung. ... Sie kann auf Unsicherheit und Flatterhaftigkeit hinweisen. Sie steht auch für Schwarzweißdenken, für Geschwätzigkeit und Beschimpfungen.

Das mit dem Schwarzweißdenken kann ich ja noch nachvollziehen. Aber flatterhaft? Geschwätzig? Ich? Aber die Stelle: *„Sie hilft uns, unsere Mitte zu finden und damit den rechten Weg"* macht mir Mut. Mal sehen, was die Libelle zu erzählen hat:

Libelle: Entwicklung, Verwandlung, Schutz ... Sie bringt außerdem die Fähigkeit, Dinge ohne Worte zu verstehen und zu deuten, sowie die Kraft der klaren Abgrenzung. ... Von ihrer dunklen Seite betrachtet, steht sie für Instabilität, Unzuverlässigkeit, Gefühlskälte, Perfektionismus, Täuschung.

Entwicklung ist immer gut, denke ich und bin erfreut, mich mithilfe der Libelle besser abgrenzen zu können. Ich ignoriere den letzten Satz und bin sehr gespannt, was die Taube mir wohl mitteilen will:

Taube: Frieden, Hoffnung, Empfänglichkeit ... Sie ist ein Symbol der Liebe, der Reinheit und der Herzensverbindung unter Menschen. ... Von ihrer dunklen Seite betrachtet, stehen Tauben für Aufdringlichkeit, Ängste, Schuldgefühle, schlechtes Gewissen, Unreinheit der Seele, Hilflosigkeit.

Ja ja, die Liebe. Ich werde immer ganz neidisch, wenn ich ein Taubenpärchen leidenschaftlich und ausdauernd herumknutschen sehe.

Und der Frieden. Vielleicht sollte ich Frieden schließen. Aber mit wem? Ich weigere mich, der gestörten Dörthe oder gar dem ätzenden Atze zu vergeben. Obwohl ich meinem Ex eigentlich dankbar sein könnte für die lehrreiche Rolle, die er in meinem Leben spielt. Durch ihn habe ich gelernt, das Misstrauen bei gewissen Menschen durchaus angebracht sein kann.

Manchmal denke ich mir ausgeklügelte Racheakte aus. Das erfüllt mich mit großer Genugtuung und gleichzeitig mit Bedauern, weil ich diese Pläne doch niemals umsetzen werde. Man soll anderen nichts Böses wünschen, es kommt sonst tausendfach zu einem zurück... Habe ich deswegen ein schlechtes Gewissen und Schuldgefühle? Nein. Zumindest nicht ihnen gegenüber. Dieses Thema wird mir zu heikel. Also widme ich mich, nicht ohne eine gewisse Erwartungshaltung, dem Storch:

Storch: Segen, Fruchtbarkeit, Elternliebe ... Aufgrund dessen, dass er Frösche aus dem Teich zieht, steht er mit Wohlstand, Segen und Reichtum in Verbindung. ... Er bringt dich in Einklang mit dir und deiner Umgebung. ... Von seiner dunklen Seite betrachtet, kann der Storch für leere Floskeln, Abgehobenheit und Unfruchtbarkeit stehen ...

Mir gefällt die Vorstellung, dass er auch für Wohlstand, Segen und Reichtum steht und mich in Einklang mit mir und meine Umgebung bringt. Das Wort *Unfruchtbarkeit* übersehe ich geflissentlich.

Mir kommen die Texte über die Krafttiere wie leere Blasen vor. Schön anzusehen, aber inhaltslos und fragil. Etwas in mir sträubt sich dagegen, so etwas an mich heran zulassen. Vielleicht verstehe ich aber auch die vermeintlichen Botschaften nicht. Dennoch wirken sie in mir nach und schaffen es tatsächlich, die Trübseligkeit etwas zu erhellen. Ich erlaube mir jetzt einfach, für mich Wesentliches herauszuziehen und zu psychologisch Verwertbarem umzuwandeln.

Tick tack

Der Augenblick
Warum denn währt des Lebens Glück
Nur einen Augenblick?
Die zarteste der Freuden
Stirbt wie der Schmetterling,
Der, hangend an der Blume,
Verging, verging.
Wir ahnen, wir genießen kaum
Des Lebens kurzen Traum.
Nur im unsel'gen Leiden
Wird unser Herzeleid
In einer bangen Stunde
Zur Ewigkeit.
(Johann Gottfried Herder, 1744 - 1803)

Rocky stellt einen wichtigen Anker für mich dar, indem er meinen Alltag mit seinen Bedürfnissen strukturiert. Mit seiner Hilfe schaffe ich es, mich nach und nach aus der Depression zu kämpfen. Ich verliere langsam meine Angst vor diesem Zustand und erkenne, dass Raum für Dazwischen bleiben muss. Ich nehme mir vor, das nächste Mal wieder vierblättrige Kleeblätter zu pflücken und mir etwas zu wünschen.

Bedauerlicherweise hängt meine Nackenmuskulatur meiner Stimmung etwas hinterher. Während der letzten Tage, die ich hauptsächlich grübelnd in meinem dämmerhaften Zustand verbrachte, hat sie sich furchtbar verkrampft. Meinen Kopf kann ich kaum noch zur Seite drehen. Nach oben schauen ist völlig unmöglich. Stattdessen bin ich gezwungen, ständig auf den Boden zu gucken, wie eine bucklige Oma. Ich muss dringend wieder etwas für meinen Rücken tun.

Also statte ich meinem favorisierten Orthopäden einen Besuch ab. Dieser half mir letztes Jahr durch Verschreiben des Wundermittels Opium, meinen Schmerzkreislauf zu durchbrechen.

Während er jedoch meinen Rücken abtastet, verliert er zusehends das Image meines persönlichen Helden. Er ignoriert ungerührt meine Schmerzensschreie, die er durch sein Gedrücke, Verrenke und Geklopfe verursacht.

„Müssen wir wohl röntgen“, grummelt er vor sich hin. Auf dem Röntgenbild ist deutlich zu sehen, dass meine Halswirbelsäule zur falschen Seite hin gekrümmt ist. „Na, da haben Sie ja eine feine Kyphose. Ihre Bandscheiben machen hier auch einen sehr mickrigen Eindruck.“ Er tippt mit einem Kugelschreiber auf eine schmale gräuliche Stelle zwischen zwei Wirbeln.

Was für eine Diagnose. Ich merke, wie das dunkle, schwarze Loch wieder nach mir ruft.

Er wundert sich, dass ich noch immer unter derartigen Verspannungen leide. Zumal ich regelmäßig Gerätetraining absolviere, mich viel und abwechslungsreich bewege, autogenes Training anwende und vor allem meine berufliche Situation geändert habe, die mich wegen der Fernbeziehung so belastete.

Er rückt die Unterlagen von sich weg, verschränkt die Arme und sieht mich an. „Haben Sie mal etwas von Psychosomatik gehört?“

Na klar, habe ich das.

„Irgendetwas scheint Sie ungemein zu belasten. Das sollten Sie ändern. Denn so geht das nicht weiter. Haben Sie Stress im Beruf? Haben Sie Probleme mit Ihrer Beziehung?“

Das ist jetzt wirklich sehr direkt und unmittelbar. Es wäre unhöflich von mir, jetzt einfach aufzustehen und zu gehen. Also bleibt mir nur, auf meinen Alltag zu schauen und zu überlegen, was mir da wohl im Nacken sitzt.

„Na ja, eigentlich ist alles in Ordnung. Ich mache mich zurzeit selbstständig. Das ist zwar stressig, aber eigentlich bin ich sehr zufrieden damit. Ich weiß halt noch nicht, wie und ob das weiter gehen wird. Das macht mir bestimmt unbewusst Angst. Die unsichere finanzielle Situation und so...“

Mit einer abwinkenden Geste unterbricht er mich. „Was lastet Ihnen denn wirklich so schwer auf Ihren Schultern? Das muss doch viel elementarer sein. Haben Sie genug Unterstützung von Ihrem Partner, von Freunden?“

Was weiß der schon? Finanzielle Unsicherheit ist ja wohl sehr elementar. Er ist ganz schön hartnäckig und lange kann ich nicht mehr weg sehen.

Langsam lüftet sich der Schleier, den ich fein säuberlich darüber gelegt habe. Er bohrt weiter: „Sie wissen ja, ein Partner ist dazu da, gemeinsam einen Weg zu finden. Als Partner unterstützt man den anderen in einer Beziehung.“ Der redet bestimmt aus eigener Erfahrung und macht gerade eine schlimme Ehekrise durch. Vorsichtig wage ich trotzdem einen Blick auf meine Beziehung.

Das Problem ist, dass es immer zwei Seiten einer Medaille gibt. Man kann den Glanz einer Sache betrachten oder den Schatten, den sie wirft. Wenn einem der Blick jedoch derart zielgerichtet auf die Schattenseite gelenkt wird, hat man leider nicht viel entgegenzusetzen. Schon gar nicht mit einem derart unbeweglichen Nacken, der es unmöglich macht, den Blick aus eigener Kraft abzuwenden.

Während sich der Herr Doktor weiterhin ereifert, komme ich langsam ins Wanken. Er schafft es tatsächlich, mich zum Weinen zu bringen, weil ich nun endgültig keine Kraft mehr habe, mich zu wehren. Dadurch ermuntert fährt er unverhohlen fort: „Wenn Sie in Ihrer Beziehung nicht die Unterstützung bekommen, die Sie brauchen, dann müssen Sie sich einen anderen Partner suchen.“

Was er sagt ist zwar vermessen, klingt aber auch irgendwie logisch. Es geht ihn zwar nichts an und ich ärgere mich insgeheim, dass ich zu feige bin, mich zur Wehr zu setzen. Aber seine Worte haben mich auch irgendwie getroffen. Verunsichert und aus der Bahn geworfen, auch wenn diese Bahn ohnehin etwas marode und reparaturbedürftig war, fahre ich mit einem Rezept für Massagen und Traktionsbehandlungen sowie einer Packung Muskelrelaxans nach Hause.

Mein Kopf schwirrt. Ich frage mich, ob Nick mich wirklich unterstützt. Während meiner Krankheit kümmerte er sich die ganze Zeit liebevoll und aufopfernd um mich. Er war bislang immer für mich da, wenn ich seine Hilfe brauchte oder wenn es mir schlecht ging. In guten, wie in schlechten Zeiten. Natürlich war er selber oft genug an letzterem beteiligt. Aber das ist ja wohl normal.

Ich bin der Meinung, man solle den Partner nicht brauchen, sondern erwartungsfrei und bedingungslos lieben. Für die Erfüllung meiner Bedürfnisse bin ich selber verantwortlich. Ich weigere mich, ihm die Schuld für meine Schmerzen zu geben.

Außerdem begleiten Schmerzen mich lange bevor ich ihn überhaupt kennen lernte. Genau genommen seit ich mit 16 Jahren von einer mehrtägigen Fahrradtour zurückkam. Diese unternahm ich völlig untrainiert auf Wunsch meines Vaters. Anlässlich des Mauerfalls und der Wiedervereinigung war ich als einzige Westdeutsche mit einer Gruppe Ostdeutscher von Dresden bis zur Ostseeküste unterwegs.

Hier stießen völlige politische Ahnungslosigkeit und geballte Ladung Vorurteil zusammen. Ich nahm den Part der Ahnungslosigkeit ein. Wovon ich zu diesem Zeitpunkt auch keine Ahnung hatte, war, was es heißt, wenn Schmerz dein ständiger Begleiter ist.

Unfähig, mit der Ablehnung und dem subtilen Hass umzugehen, die mir stellvertretend für alle Wessis entgegengebracht wurden, manifestierte sich mein Frust schließlich auf körperlicher Ebene in Form einer Ischiasnerventzündung. Vielleicht war diese Fahrradtour auch schlichtweg körperlich zu anstrengend für mich. Fahrradfahren gehörte damals noch nicht zu meinen Hobbys. Meine einzigen Sportarten waren Reiten sowie Heuballen- und Wasserkanisterschleppen für unsere kleine Pferdezucht.

Zu allem Übel besaß ich nicht einmal ein eigenes Fahrrad. Ich musste mir für diese Tour vor Ort so eine dreigängige Ost-Schindmähre ausleihen. Sehr demütigend, wenn meine Ossifreunde, besonders wenn es bergauf ging, lässig mit ihren nagelneuen, modernen Mountainbikes mit mindestens 12-Gang-Getriebe an mir vorbei fuhren.

Es sollte einige Jahre dauern, bis ich die Funktion der Schmerzen als Stressbarometer erkennen und akzeptieren würde. Einsicht war damals ein guter Anfang. An diesem ersten Schritt blieb ich ungefähr 15 Jahre lang stehen.

Erst durch den Bandscheibenvorfall und alles, was danach kam, sollte ich lernen, dass es auch darum geht, den Stress beziehungsweise die Ursachen dafür zu beseitigen. Dieser zweite Schritt war wesentlich: die Veränderung. Handeln.

Allein der Weg hin zu diesem Verständnis war bereits sehr schmerzhaft und voller Widerstände gewesen. Die zeitweilig sehr mühsame und beschwerliche Umsetzung entpuppte sich zu allem Übel als scheinbar lebenslanger Prozess. Das zu erkennen sollte Schritt Drei sein.

Sind meine derzeitigen Nackenschmerzen also ein Anzeichen für Stress? Wenn ja, welchen Stress habe ich denn, der mir so zusetzt? Ist es nicht normal, dass Beziehungen auch gelegentlich stressig sind? Es ist doch absehbar, dass man früher oder später an einen Punkt gelangt, an dem man sich nach etwas anderem, nach mehr sehnt. Erkennt, was einem fehlt. Und man abwägen muss, worauf man verzichten kann und was dringend benötigt wird.

Angenommen, ich finde einen anderen Mann, der mir das gibt, was mir in meiner jetzigen Beziehung fehlt. Würde dieser neue Mann auch dem gerecht werden, was ich an Nick schätze und liebe? Zum Beispiel so durchaus seltene Tugenden wie Verlässlichkeit, Hilfsbereitschaft und Treue. Atze lehrte mich, wie schmerzvoll es ist, betrogen zu werden.

Es war an einem kalten, verschneiten Silvesterabend. Frohen Mutes rief ich meinen so genannten Geliebten an, um mich mit ihm zu einer romantischen Silvesterfeier zu zweit zu verabreden.

Atze hatte sich selbständig gemacht und musste immer furchtbar viel arbeiten. Auch nachts. So auch angeblich in dieser Nacht. Voller Verständnis und Mitleid für diesen ehrgeizigen, überarbeiteten Mann, holte ich die Flasche Sekt aus dem Kühlschrank. Diese hatte ich extra für unser romantisches Treffen besorgt. Und Erdbeeren.

Ich zog los, um das vergangene Jahr zusammen mit der treuesten Seele der Welt zu verabschieden.

Also stapften Chico und ich in der Dunkelheit auf einen Hügel am Waldrand und betrachteten von dort gemeinsam die bunten Feuerwerke der umliegenden Dörfer. Es war sehr schön. Etwas einsam zwar, aber Chico kuschelte sich an mich und ich mich an ihn und es war gut so, wie es war. In dieser friedlichen und harmonischen Verbundenheit saßen wir sehr lange im Schnee.

Solange, bis ich durchgefroren und betrunken genug war, um hoffentlich einschlafen zu können. Ohne gegen dieses Gefühl in mir ankämpfen zu müssen, das sich seit dem Telefongespräch, eigentlich schon seit Wochen, in mir einzuschleichen versuchte. Unter Chicos Aufsicht torkelte ich nach Hause. Ich beschloss, ihn am Neujahrsmorgen zu überraschen. Ich hatte ja noch die Erdbeeren.

Guter Dinge fuhr ich am nächsten Morgen zu ihm und klingelte an der Tür. Gleichzeitig steckte ich den Schlüssel, den er mir einige Zeit zuvor gegeben hatte, in das Schloss und öffnete mir selbst die Tür. Frohgemut stiefelte ich mit meinen Erdbeeren bepackt die Treppe hinauf. Da stand er auch schon, in die Bettdecke eingehüllt, oben an der Treppe.

Ich erwartete ein freudig überraschtes Lächeln und eine liebevolle Umarmung. Stattdessen schaute ich in ein Gesicht, das pure Genervtheit und Entsetzen ausdrückte. Das irritierte mich etwas. Ich stand reglos da.

Dieses schleichende Gefühl hielt nun nichts mehr davon ab, an die Oberfläche zu kommen. Was es auch ungehindert tat. Es schlich jetzt aber nicht mehr. Sondern prallte mit voller Wucht in jede Windung meines Gehirns. Dann war ich nicht mehr ich selbst. Ein Urinstinkt nahm Besitz von mir. In meiner Magengegend brodelte es und ließ mich an ihm vorbei in das Schlafzimmer stürmen, während mein Verstand kaum hinterherkam.

Und da lag sie, die dämliche alte Kuh. In dem Bett, indem wir ... Pfui. Ich schwankte zwischen Brechreiz und dem Bedürfnis, diesem verlogenen Widerling und dieser ekelerregenden Schlampe Gewalt anzutun.

Ich tat nichts von Beidem. Stattdessen schleuderte ich die Erdbeeren auf seinen teuren Designerteppich, drehte mich kommentarlos um, und ging. „Es ist nicht so wie du jetzt denkst...“, beteuerte er halbherzig. „Ne, ist klar!“, knurrte ich wütend und verschwand traurig und resigniert aus seinem Leben.

Ich hasste ihn so sehr. Und ich hasste mich noch mehr dafür, dass ich dumm genug war, auf ihn herein zu fallen. Ich bin froh, dass dieser Mistkerl der Vergangenheit angehört. Niemals wieder werde ich auf solch einen Blender hereinfallen.

Kurz vorher hatte ich einen Alptraum. In diesem Traum fuhr ich zusammen mit Atze in einem Auto eine Straße entlang. Wir fuhren auf einen Parkplatz, um eine Rast einzulegen. Wir stiegen aus. Eine Person, deren Gesicht unter einer roten Kapuze verborgen war, stürmte aus dem Nichts plötzlich auf mich zu. Packte mich fest am Arm und hielt mir eine Pistole an die Schläfe. Atze stand reglos daneben und guckte teilnahmslos zu. Er tat so, als hätte er nichts mit mir zu tun. Die fremde Person drückte ab. Ich wachte schweißgebadet und zitternd vor Angst auf. Dieser Traum hätte mir eine Warnung sein sollen.

So etwas würde Nick niemals tun. Manchmal habe ich Alpträume, in denen er mich betrügt. Es fühlt sich dann genauso schmerzhaft und real an, wie an diesem Neujahrsmorgen. Wenn ich dann aufwache und ihn frage, ob er mich in Wirklichkeit betrügt, reagiert er entsetzt und genervt. Ich vermute, weil ihn mein Misstrauen verletzt.

Vielleicht überfordert ihn aber auch die Vorstellung, eine zweite Frau an den Hacken zu haben. Wo er doch jetzt schon kaum Zeit für sich allein findet. Als ich ihn das letzte Mal fragte, antwortete er jedenfalls neckisch: „Wann soll ich denn das noch machen?“ Netter Scherz.

Ich wollte aber lieber hören: „Aber nein, mein Schatz. Du bist doch die Einzige und Beste und Schönste. Mit dir will ich alt werden und dich ewig lieben und begehren...“, anschließend fällt er vor mir auf die Knie und macht mir einen romantischen Antrag, auf den Hollywood-Regisseure neidisch gewesen wären.

Er macht mir vielleicht keine Liebeserklärung wie Jerry Maguire, der im gleichnamigen Film zu Dorothy

Boyd sagt: „Du vervollständigst mich." Vielmehr zeigt er seine Liebe durch Taten.

In Form eines Stalls, den er selbstlos für meine Pferde baute. Durch die aufopfernde Unterstützung und Fürsorge, die er mir während meiner Krankheit gab. Er hört mir sogar dermaßen aufmerksam zu, dass er noch nach Wochen Dinge weiß, die ich schon längst wieder vergessen habe.

Für den Rest kann ich schließlich alleine sorgen. Manchmal schenke ich mir auch selber einen Blumenstrauß, wenn mir danach ist.

Am Muttertag war ich dann doch etwas bedrückt, weil er nur seiner Mutter huldigte. Ich wurde an diesem Tag geflissentlich übergangen. „Du bist ja auch keine Mutter", rechtfertigte er sich. „Ja schon. Aber vielleicht wäre ich es gerne? Schließlich tickt meine Uhr laut und der Countdown läuft bald ab!" Mir fiel noch etwas Besseres ein: „Außerdem bin ich eine Vogelmama."

Mir wurde an diesem Tag nicht gehuldigt. Stattdessen munterte er Kalle dazu auf, sich doch eine Vogelfrau zu suchen, um sich zu verpaaren und das zu tun, was Vögel nun einmal tun: Nachwuchs zeugen und großziehen.

Habe ich ihn endlich gefunden: der schändlich vernachlässigte Teil meiner Persönlichkeit offenbart sich mir klar und unentrinnbar im vermeintlichen Kinderwunsch. Plötzlich nimmt er einen gewaltigen Raum in mir ein. Laut hämmert jetzt das Ticken in meinem Ohr, mit jedem Herzschlag fühle ich mich unfruchtbarer. Das Gefühl, etwas Wunderbares im Leben zu verpassen, grinst mir hämisch mit einem fiesen Grinsen ins Gesicht.

Ist es das, was mir so schwer im Nacken sitzt? Nicht, dass ich mir dringend ein Kind wünschen würde. Vielleicht ein klein bisschen. Vielmehr verbirgt sich dahinter das Gefühl, dass er mir keinen Raum lässt, derartige Gedanken überhaupt zu denken. Gedanken, die mit gemeinsamer Zukunft, Weiterentwicklung, Veränderung zu tun haben.

Wir stritten kurz vor seiner Abreise in die USA über unsere Wohnungssituation. Ich vertrat den Standpunkt, dass eine größere Wohnung, in der wir mehr beide Platz für uns hätten, gut für uns und unsere Beziehung sei. Er führte als Gegenargument an: „Du wirst auch dann nicht zufrieden sein. Wenn wir erst einmal in einer großen Wohnung oder einem Haus oder Hof oder sonst wo wohnen, ist als nächstes Kinderkriegen und Heiraten dran. Oder kannst Du mir versprechen, dass Du mir dann nicht mit Kindern und dem Kram auf die Nerven gehen wirst?"

Was sollte ich dazu sagen? Versprechen sind wandelbar. Ich hätte es ihm versprechen und in diesem Moment auch wirklich so meinen können, mich damit zu arrangieren, kinderlos zu bleiben.

Aber was würde sein, wenn die Uhr irgendwann noch lauter tickt? In einem oder in zwei Jahren, wenn ich der kritischen Grenze noch näher sein werde? Die Umstände könnten anders sein, die Sehnsucht eventuell größer. Von Dürrenmatt lernte ich, dass ein Versprechen ein Leben vergeuden kann.

Nick hat es geschafft – vielmehr: ich habe es zugelassen, dass ich, um der Harmonie willen, diesen Teil in mir zum Schweigen brachte. Ist es dieser stumme, eingesperrte Schrei, der sich jetzt in Form von quälenden Verspannungen und schmerzenden Verhärtungen der gesamten Rückenmuskulatur manifestiert? Vielleicht ist es an der Zeit, mir einzugestehen, dass meine innere Uhr tickt und die Adoption eines Eichelhähers zwar ein Trost, aber nicht die Erfüllung ist.

Andererseits bin ich mir gar nicht sicher, ob ich überhaupt ein Kind will. Schließlich habe ich große Träume und Ziele, die verwirklicht werden wollen. Da ist so ein Baby vielleicht eher ein Hindernis. Außerdem kann ich meinen Mutterinstinkt weiterhin an meinen Tieren und den Kindern, die zu meinen Kursen kommen, ausleben.

In mir schreit es wieder einmal nach einer Entscheidung. Ich bin müde vor lauter Entscheidungen und Veränderungen. So vieles und Wesentliches habe ich seitdem entschieden und geändert. Aber die Angst sitzt tief. Die

Angst davor, dass mein Körper wieder zu mir sprechen könnte, wenn ich meiner Seele nicht aufrichtig lausche. So wie damals. Als meine Seele meinen Körper bat: „Geh du vor, auf mich hört sie nicht.“[6]

[6] verändert nach U. Schaffer: „Geh Du vor“, sagte die Seele zum Körper, „auf mich hört er nicht. Vielleicht hört er auf Dich.“ „Ich werde krank werden, dann wird er Zeit für Dich haben“, sagte der Körper zur Seele.

Veränderungen

Lied eines Vogels
Vor meinem Fenster singt ein Vogel.
Still höre ich zu.
Mein Herz vergeht,
Erinnerung klingt,
Abendrot winkt, Dämmerung schwingt.
Er singt, was ich als Kind
So rein errang, so voll bezwang,
So traut durchmaß, so ganz besaß
Und dann vergessen!
(Arno Holz, 1863-1929)

Das war im Frühjahr vergangenen Jahres. Ich lag gerade im Wohnzimmer, als mein Körper diese Bitte meiner Seele nicht länger abschlagen wollte.

Einige Monate zuvor hatte ich meinen ersten Bandscheibenvorfall, der mich für einige Wochen ruhig stellte. Ich hatte schon da eine wage Idee davon, dass die Art, wie ich mein Leben zu dieser Zeit führte, möglicherweise meiner Gesundheit und Zufriedenheit nicht sehr zuträglich war. Vielleicht war es dieser Einsicht zu verdanken, dass ich mich zunächst recht schnell erholte.

Aber ich handelte nicht. Immerhin machte ich einen wagen Versuch und suchte das Gespräch mit meinem damaligen Chef. Ich deutete halbherzig an, dass ich mit dem Gedanken spielte, zu kündigen und zurück nach Oldenburg zu ziehen, um mir dort einen Job zu suchen. Mutig und aufrichtig gestand ich, dass die Fahrerei und alles, was eine Fernbeziehung eben nach sich zieht, mich auszehren und unglücklich machten. Mein Chef kam mir entgegen, indem er mir verlängerte Wochenenden anbot, um mehr Zeit in Oldenburg verbringen zu können. Ich ließ mich auf diesen Kompromiss ein. Ansonsten machte ich alles wie zuvor. Aber es reichte nicht. Das sollte ich an diesem Tag schmerzlich feststellen.

Da lag ich also. Auf dem Wohnzimmerboden. Schon seit Wochen. Und da war dieser Schmerz. Fesselnder, alles umfassender, zu Boden schmetternder Schmerz. Hinzu kam die Panik. Ein Wort, das bislang nur ein belangloser Begriff für mich war. Panikattacke. Was sollte das sein? Das sollte ich gleich herausfinden. Ich sollte noch viel mehr herausfinden.

Heute danke ich dieser Attacke. Denn sie bewirkte, dass ich endlich handelte. Aber in jenem Augenblick war ich weit davon entfernt auch nur annähernd so etwas wie Dankbarkeit zu spüren. Ich spürte gar nichts mehr. Außer Schmerzen. Von Kopf bis Fuß.

Die Schmerzmittel auf der Basis des Wirkstoffs Ibuprofen, die mir der Orthopäde einige Wochen zuvor verschrieben hatte, brachten gar nichts. Obwohl er mir die Höchstdosis verschrieb. Manchmal ist es eben nicht eine Frage der Dosis, sondern der Qualität.

Noch immer hatte ich ein zwiespältiges Verhältnis zu Schmerzmitteln, nach dem Motto: „Ein Indianer kennt keinen Schmerz!“ Das sollte sich bald ändern. Es wurde trotz der Schmerzmittel immer schlimmer. Die Spritzentherapie schlug auch nicht an. Immerhin bewirkte sie, dass ich etwas von meiner Spritzenphobie ablegen konnte. Irgendwann war ich einfach abgestumpft.

Die Physiotherapeuten konnten auch nicht viel erreichen, außer mir durch sanfte Massagen kurzzeitig ein angenehmeres Gefühl zu vermitteln, nachdem sie mich mitleidig dabei beobachteten, wie ich mich humpelnd, seitlich schief nach vorn gekrümmt und mit schmerzverzerrtem Gesicht in die Praxis quälte.

Warum dieser Orthopäde mir keine vernünftige Schmerztherapie verordnet hatte, ist mir bis heute ein Rätsel. Stattdessen schlug er resigniert und als einzige verbleibende Möglichkeit eine Operation vor. Damit kam die Angst.

Selbstverständlich stieß ich bei meiner Recherche über Operationen an Bandscheiben ausgerechnet auf die Internetseiten, die auf die Gefahr der anschließenden Querschnittslähmung hinwiesen. Ich hatte einfach nur noch Angst. Ich verstand das alles nicht.

Zu diesem Zeitpunkt nannte ich Dörthe, diese Vollblutesoterikerin, noch meine Freundin. Ich klammerte mich an all die spirituellen Bücher, die sie mir zu lesen gab, in der Hoffnung, einen Weg aus der Schmerzfalle zu finden.

All diese Geschichten über Reinkarnation, Schuld und Eigenverantwortung drängten mich in eine völlig entartete Richtung. Ich war nur noch damit beschäftigt, darüber nachzudenken, was ich denn falsch gemacht haben könnte, dass ich so bestraft werden musste. Ich kam schließlich zu der Einsicht, dass es meine eigene Schuld war, weil ich Schindluder mit meinem Körper und meiner Seele getrieben hatte. Und nun erntete ich die Früchte. Bittere, stachelige, ekelige Früchte.

Doch während ich so dalag, machte ich mir um all diese Dinge keine Gedanken. Ich war zu sehr damit beschäftigt, zu überlegen, wie ich denn jetzt wohl die drei Meter vom Wohnzimmer zur Küche bewältigen sollte. Dort wollte ich mir eine Wärmflasche zubereiten. Wärme könnte mir vielleicht Linderung verschaffen. Wärme ist bekanntlich immer gut.

Ich dachte krampfhaft nach. Ich musste den kritischen Punkt überwinden, wenn ich mich aus der Rückenlage auf die Seite rollte. Den Schmerz ertragen und mich dann aufstemmen. Ich holte tief Luft und spannte die Muskeln an.

Ein fieser, stechender, unerträglicher Schmerz durchfuhr mich. Pause. Tief einatmen. Nicht zu tief, sonst stach es im Brustbereich. Noch ein Versuch. Mich durchzuckte es. Ich konnte einfach nicht mehr.

Wie sehr sehnte ich mich in diesem Augenblick danach, mich aus diesem Körper zu befreien. Dieser lästigen, schmerzenden Hülle. Könnte doch meine Seele frei sein wie ein Vogel. Einfach abheben. Raus hier. Weg hier.

Ich versuchte es noch einmal. Aber der Schmerz trieb mir die Tränen in die Augen. Die Verzweiflung ließ mich noch weiter erstarren.

Nie wieder würde ich reiten können. Nie wieder würde ich normal laufen können. Nie wieder würde ich unbefangen und schmerzfrei sein. Mir jagte das alles eine panische Angst ein. Ich wurde fast wahnsinnig. Es raubte mir den Atem.

Ich bekam tatsächlich keine Luft mehr. Was war denn jetzt los? Einatmen! Einatmen! Mir wurde schlecht. Meine Brust schien zu platzen. Ich konnte meine Brust nicht mehr heben zum Atmen. Ich konnte mich gar nicht mehr bewegen. Ich schnappte nach Luft, aber meine Lungen schienen voll zu sein. Ich bekam noch mehr Panik. Ich hatte unbeschreibliche Angst. Ich war wie gelähmt vor Angst, jetzt zu sterben.

Das Telefon. Ich musste irgendwen anrufen. Nick! Verdammt. Nick hatte ja heute dieses Seminar. Dörthe! Sie erzählte mir einmal, dass sie in einem früheren Leben ein Dalai Lama war. Nun sei sie hier auf Erden, um irgendein Versagen im letzten Leben wieder gut zu machen, indem sie hier als Heilerin tätig sei. Genau die richtige Adresse!

Sie meldete sich. Ich versuchte zu sprechen. Aber ich brachte keinen Ton heraus. Dazu brauchte ich Luft. Aber die bekam ich nicht. Mir war schlecht. Stoßweise und unter großer Anstrengung presste ich ein paar Worte heraus: „ ... keine Luft ... Angst ... Hilfe ... "

Sie versuchte mich zu beruhigen. Sagte mir, ich solle mal ausatmen. Leichter gesagt als getan. Ich gab mir alle Mühe, Luft aus meiner Brust zu pressen. Die war aber starr wie ein Betonklotz. Es war, also würde ein Auto auf meiner Brust stehen.

So wie der Typ bei „Wetten dass...", der sich eine Arie singend von einem Auto über die Brust fahren ließ. Nur dass das Auto jetzt einfach nicht weiterfuhr, sondern sich in einen parkenden LKW zu verwandeln schien. Ich hatte überhaupt keinen Einfluss auf die Atmung.

Meine Angst wurde noch größer, als mir klar wurde, dass ich gerade irgendetwas falsch machte mit der Atmung. Aber ich wusste nicht was. Ich konnte weder aus- noch einatmen. Wie sollte ich denn jetzt atmen?

Dörthe schickte mir positive Energie durchs Telefon und beendete das Gespräch, weil sie gerade Besuch bekam.

Und jetzt? Was sollte ich jetzt tun? Ich brauchte Hilfe, soviel stand fest. Ich bekam absolut keine Luft mehr. Der Notarzt! Aber wie sollte ich denen am Telefon erklären, was los sei und wo ich wohne?

Ich rief mit dem letzten bisschen Verstand, den ich noch aufbringen konnte, an der Uni an. Ich wählte die Nummer von Nicks technischer Assistentin, die in der Regel in ihrem Büro anzutreffen war oder in der Nähe zu tun hatte. Als sie sich meldete, brachte ich zwar nur ein verzweifeltes Schluchzen und Stöhnen zustande. Doch zum Glück wusste sie um meinen Bandscheibenvorfall und erkannte, dass ich am anderen Ende der Leitung war. Sie lief gleich los zum Seminarraum.

„Nick! Komm, Du musst sofort los!“ Nick war es gewohnt, dass ihn alle immer um irgendetwas bitten und war davon permanent latent genervt. Deswegen raunte er sie an: „Das geht jetzt nicht, Du siehst doch, dass ich in einer Besprechung bin und gerade keine Zeit habe.“ „Doch, Du kannst!“ Als er ihr Gesicht dazu sah, erkannte er, dass sie es wirklich ernst meinte und etwas nicht stimmte. Was, das konnte sie ihm ja auch nicht genau sagen.

Er rannte so schnell er konnte zum Parkplatz und fuhr wie ein wahnsinniger durch die Stadt. Als ich die Schlüssel an der Tür klimpern hörte, überfiel mich solch eine Erleichterung! Ich brach in Tränen aus und schluchzte so gut es ging, da das sehr schmerzhaft war. Bei jedem Schluchzen dachte ich, mein Brustkorb explodiert oder fällt in sich zusammen.

Nick setzte sich zu mir hin und streichelte beruhigend meinen Kopf, während er den Notarzt anrief. Jetzt wurde mir erst recht bewusst, dass es schlimm um mich stand. Bis zuletzt versuchte eine leise Stimme mich zu überzeugen: „Das wird schon, stell’ dich nicht so an. Gleich vorbei. Ist nicht schlimm.“

Um mich herum verschwamm alles. Und dann wurde es schwarz.

Es klingelte. Drei Männer standen auf einmal um mich herum. Ich wollte sie begrüßen, aber ich konnte nicht. Mir war das alles zu viel. Das extra der Notarzt kommen musste!

Was sollte das alles? Musste ich so ein Aufheben um mich betreiben? Brauchte ich so dringend Aufmerksamkeit? Was war hier los? Mir schwirrten tausend wirre und mich selbst anklagende Gedanken durch den Kopf, die mich herunterzogen, immer tiefer. Ich fühlte mich so schlecht, so schuldig, so voller Angst. Wie sollte das alles nur weiter gehen?

Mich packte eine erneute Panikattacke, bis der Notarzt mir endlich eine Spritze gab. Ich sah sie auf mich zu kommen und hoffte inständig, dass diese Spritze hoffentlich Wirkung zeigen möge.

Fast im selben Moment wurden die Männer um mich herum irgendwie größer. Dann schienen sie sich plötzlich zu entfernen. Der eine sah auf einmal aus, wie der Riese Hagrid in „Harry Potter“, was ich extrem lustig fand. Ich musste auch lachen. Als ich merkte, dass ich wieder Luft bekam, überfiel mich eine Erleichterung, die ich unbedingt mitteilen musste. Also plapperte ich drauf los. Aber nicht lange, denn das Sprechen wurde plötzlich ganz schön anstrengend. Die Lippen zu bewegen war auf einmal sehr mühsam, die Zunge lag schwer und wie ein willenloser Fleischlappen im Mund.

Die Männer hoben mich an, um mich auf eine Trage zu legen, was ich urkomisch fand. Getragen zu werden, wie eine Prinzessin auf einer Sänfte. Dann ging es die Treppe herunter. Alles schwankte und ich klammerte mich fest an einen Arm. „Aua!“, hörte ich daraufhin, was mich zu einer erneuten Lachattacke veranlasste. Sie hievten mich in den Krankenwagen und ab ging es.

Wie aufregend! Ich fand das alles ausgesprochen spannend und mir war gar nicht mehr klar, warum das alles passierte. Ich spürte keine Schmerzen mehr! Wow! Wie geil war das denn? Ich wollte mehr von dem Zeug, was auch immer das war.

Noch mehrere Wochen nach meiner Einlieferung in die Notfallklinik nahm ich – auf Verordnung meines neuen Orthopäden, den Nick nach langer Suche gefunden hatte und der von einer Operation dringend abriet – die Höchstdosis Opium. Herrlicher Stoff.

Mal abgesehen von den lästigen Nebenwirkungen wie Verstopfung, Schwindelgefühle und Bewusstseinsaussetzer. Das Besondere war, dass ich die Schmerzen zwar weiterhin dumpf wahrnahm, aber sie waren mir durch das Opium völlig gleichgültig.

Hauptsächlich verbrachte ich die Zeit nach der Attacke in einem seligen Dämmerzustand untätig im Wohnzimmer herum liegend. Jedes dritte Sudoko löste ich fehlerfrei und erlebte in acht Staffeln sämtliche Abenteuer der McLeods Töchter. Während Doug und Carrie ebenfalls für Kurzweil sorgten, baute sich nach und nach meine Muskulatur ab, was ich zunächst gar nicht bemerkte.

Ich hatte mir ohnehin bereits eine fatale Fehlhaltung angewöhnt: seitlich nach vorn gekrümmt, meinen Arm auf den Oberschenkel abstützend, um die Wirbelsäule mit möglichst wenig Gewicht zu belasten. In der Folge verspannte und verkrampfte meine komplette Muskulatur, zumindest die, die noch da war.

Bis ich endlich meine stationäre Rehabilitation antreten würde, vergingen die Wochen in nutzlosem Dahinvegetieren. Mir war alles völlig egal, bis auf eines: ich wollte wieder gesund werden. Das stand nun ganz oben auf meiner Prioritätenliste. Ich hatte nur nicht die leiseste Ahnung, wie ich das anstellen sollte.

Ich hatte viel Zeit zum Nachdenken, wirklich sehr viel Zeit. Innerlich wie auch äußerlich verabschiedete ich mich von dieser vermeintlichen Freundin Dörthe. Und mit ihr verabschiedete ich mich von jeglicher Form von Spiritualität. Ich hatte furchtbare Angst davor, so zu sein wie sie, wenn ich auch nur im Entferntesten an unsichtbare Kräfte glauben würde.

In dem Moment jedenfalls, als ich beschloss, mich von jeglicher Form von Spiritualität zu befreien, konnte ich hinsehen wo ich wollte – überall wimmelte es von spirituellen Themen und Menschen. Ich fühlte mich verfolgt, litt regelrecht unter Verfolgungswahn.

Um nicht gänzlich den Verstand zu verlieren, übergab ich selbigem mehr und mehr die Kontrolle, sofern das unter dem Opiumeinfluss möglich war. Ich begann, mich innerlich von mir selbst abzuschneiden, um wieder funktionieren zu können. Ich bemühte mich nach Kräften, nur das anzuerkennen, was ich sehen und greifen konnte. Zu dieser Zeit trat Kalle in unser Leben.

Bruchlandung

Uneigennützige Liebe kann der Mund mit Frechheit oft beteuern,
wenn im Herzen der Selbstsucht Ungeheuer lauschend grinst.
Die Tat allein beweist der Liebe Kraft.
(Goethe: Die natürliche Tochter, 1749-1832)

Eines Morgens brachten Studenten ein erst wenige Tage altes, halb verhungertes Eichelhäherküken zu der Arbeitsgruppe, die hauptsächlich aus Verhaltensbiologen und Ornithologen besteht und in der auch Nick arbeitet. Die Studenten hätten das Küken, dem gerade erst die Federn zu sprießen begannen, am Fuße eines Baumes gefunden. Das Nest, unter dem das Küken gehockt hatte, wurde vermutlich von den Elterntieren aufgrund der Bauarbeiten, die dort eingesetzt hatten, verlassen. Keiner der Vogelforscher wollte sich die Mühe und Verantwortung, das kleine Waisenkind großzuziehen, aufbürden.

Nick und ich hatten vor einigen Jahren eine Elster namens Frank Elster, kurz Frankie, großgezogen. Frankie wurde sehr zutraulich und anhänglich. Er war ausgesprochen verschmust und tat seine Zuneigung kund, indem er seinen Kopf an meine Wange schmiegte oder zärtlich an meinem Ohrläppchen knabberte. Auch Chico sammelte mit Frankie seine ersten Erfahrungen im Aufziehen von Jungvögeln. Sein Job war es, gelassen und tolerant zu bleiben, wenn Frankie ihn beispielsweise an den langen Haaren seines kuscheligen, goldenen Fells zupfte oder wenn die junge Elster bei unseren Spaziergängen auf seinem Rücken landete, um sich tragen zu lassen.

Mit diesen Erfahrungen in der Aufzucht eines Rabenvogels im Hintergrund – und weil er ein großes Herz hat – nahm Nick sich des verwaisten Eichelhäherkükens an. In Anlehnung an seinen Fundort, der Carl-von-Ossietzky-Universität, taufte er den Kleinen Kalle.

Als Nick mit seinem gefiederten Schützling nach Hause kam, rührte er als erstes einen Brei aus Hackfleisch, Kartoffeln, Ei und Quark an. Das kleine Küken hatte offensichtlich einen großen Hunger. Es riss unter gierigem Quäken seinen kleinen, noch tief rot gefärbten Schnabel weit auf, um den Brei zu schlucken. Wir waren erleichtert, dass er so gut fraß.

Aber dann versetzte Kalle uns den ersten großen Schrecken. Er begann, sich sonderbar schaukelnd zu bewegen und drückte seinen Kopf tief in das Nest aus Zellstoffpapier und Wollsocke. Dann vollführte er merkwürdig zuckende Wackelbewegungen mit seinem noch spärlich befiederten Bürzel. Wir befürchteten, er könnte Magenkrämpfe haben oder sogar ums Überleben kämpfen. Sein vermeintliches Krampfen wurde immer stärker. Den Kopf steckte er noch tiefer in das Nest, den Schwanz reckte er zitternd in die Höhe. Da erkannten wir, was los war. Ein riesengroßer, in einer plastikartigen Hülle fein säuberlich verpackter Kotballen presste sich aus seinem Hinterteil.

So also kackten kleine Eichelhäher! Elstern haben da eine andere Strategie: um sein Geschäft zu erledigen, rutschte Frankie ein Stück rückwärts, streckte sein Hinterteil weit nach hinten aus dem Nest und platzierte seinen Haufen einfach auf den Boden.

Beide Strategien dienen augenscheinlich dazu, das Nest sauber zu halten. Die Eichelhähermama hätte nun Kalles Kotballen genommen und ein Stück vom Nest entfernt fallen gelassen. So ähnlich gingen wir dann auch vor, entsorgten sein Geschäft allerdings in der Toilette.

Da ich nur eingeschränkt bewegungsfähig war und noch immer unter Drogen stand, kümmerte sich Nick vornehmlich um den Vogel. Er nahm ihn tagsüber mit in sein Büro, stopfte ihn in regelmäßigen Abständen, reinigte seinen Karton und animierte ihn zu seinen ersten Hüpfversuchen auf dem Schreibtisch.

Leider kann ich mich an diese Zeit nur bruchstückhaft erinnern. Die Gedächtnislücken habe ich zum einen dem segensreichen Reflex des Vergessens zu verdanken, zum anderen leistete die enorme Dosis Opium ihren Beitrag dazu. Ich erinnere mich aber noch daran, wie ich abends phlegmatisch im Wohnzimmer lag, flankiert von dem treuen, unausgelasteten Chico, während der putzige unbeholfene Kalle sich an meine Brust kuschelte. Und ich erinnere mich noch sehr gut an jenen Tag, der Kalles Leben einschneidend verändern sollte.

Sobald Kalle eigenständig stehen konnte, lernte er die Welt von Nicks starken Schultern aus kennen, der ihn überall hin mit nahm. Wenn das gerade unpassend war, hockte Kalle auf einer eigens für ihn angebrachten Stange am Fenster des Büros. Dort schlief er oder beobachtete das Treiben der Menschen und Vögel, die sich auf der anderen Seite des Fensters tummelten.

Bald unternahm er seine ersten Flugversuche. Morgens riefen wir ihn zu uns ins Bett, wenn er nicht schon von selber dorthin geflogen war: „Komm, Kalle! Komm mal her, Kalle! Komm! Kalle, komm mal her!“, lockten wir ihn beharrlich. Dann schwang er sich von seiner Schlafstange, um weich auf dem Bett neben unseren Köpfen zu landen. Das Bett war offensichtlich als Landebahn geeigneter als der Schreibtisch in Nicks Büro.

Nick kam an jenem Tag völlig aufgelöst mit dem verletzten Vogel nach Hause. Kalle konnte weder stehen noch sitzen, da er keine Kraft mehr im Bein oder in der Klaue hatte. Er fiel immer wieder auf die Seite, den Schnabel vor Stress und Schmerzen weit geöffnet. Wir riefen bei einer Tierklinik an, die auch auf Wildtiere spezialisiert war, packten Kalle in einen Karton und fuhren los.

Dort angekommen erwartete uns der Tierarzt schon in Begleitung seiner Assistentin, die sich mit dicken Lederhandschuhen bewaffnet hatte. „Die brauchen wir nicht“, erklärte Nick und nahm den kleinen wilden Eichelhäher aus dem Karton. Kalle ließ die Untersuchung zum großen Erstaunen des Arztes und seiner Gehilfin gelassen und vertrauensvoll über sich ergehen. Der Tierarzt vermutete zunächst einen eingeklemmten Nerv, wofür der ausbleibende Reflex im Fuß gesprochen hätte. Nach einer ausführlicheren Untersuchung diagnostizierte er schließlich einen Beinbruch im Bereich des Oberschenkels. Ausgerechnet da, wo man das Bein nicht schienen konnte.

Kalle bekam Schmerzmittel, die ihn erst einmal für zwei Tage ausschalteten. Mehr konnte der Tierarzt leider nicht für ihn tun. Alles andere würden die erstaunlichen Selbstheilungskräfte eines Wildvogels erledigen.

Zu Hause angekommen, baute Nick unserem Patienten als erstes ein Tragegestell. Dazu brachte er zwei Stangen an ein Regal an, zwischen denen er ein Geschirrhandtuch hängte. Darin verbrachte Kalle, wie in einem Boot sitzend, gut eine Woche, bis er sich an seine ersten wackeligen Stehversuche traute. Es brauchte aber noch eine Weile, bis Kalle in der Lage war, eine längere Zeit auf beiden Beinen zu stehen. Nach und nach wurde er wieder sicherer, traute sich immer mehr zu und schließlich begann er auch wieder zu hüpfen und zu flattern.

Da es mir in der Zwischenzeit etwas besser ging und um Nick zu entlasten, kümmerte ich mich nach seinem Unfall hautpsächlich um Kalle. Seine relativ schnelle Genesung machte mir Mut und gab mir Ansporn.

Ich konnte es mittlerweile kaum abwarten, endlich in die Rehabilitationsklinik eingeliefert zu werden. Ich setzte meine ganze Hoffnung in diese drei Wochen, die ich dort sein würde. Immerhin konnte ich mich mithilfe der Physiotherapie, die nun endlich anzuschlagen begann, wieder frei im Haus bewegen und kam ohne Hilfe die Treppen herunter, um in den Garten zu gehen.

Freiheit

Alles prüfe der Mensch, sagen die Himmlischen,
Dass er, kräftig genährt, danken für Alles lern,
Und verstehe die Freiheit,
Aufzubrechen, wohin er will.
(Friedrich Hölderlin, 1770-1843)

Obwohl wir uns daran erfreuten, dass Kalle inzwischen richtig zahm geworden war, verloren wir nicht das Ziel aus den Augen, ihn eines Tages auszuwildern. Ich gab mein Bestes, Kalle ebenfalls davon zu überzeugen.

Meine ersten Versuche, ihn nach draußen auf den Balkon zu locken, blieben allerdings erfolglos. Tagelang saß ich auf dem Balkon und redete auf ihn ein: „Komm, kleiner Kalle! Trau Dich. Na, komm her, Kalle!" Mit ausdauerndem Pfeifen und Schnalzen konnte ich ihn immerhin bis an die Balkontür locken. Zögerlich humpelte er bis an die Schwelle, linste argwöhnisch nach draußen, um dann wieder zurück ins Wohnzimmer zu flattern.

An einem sonnigen Tag überwand er schließlich die Schwelle. Im gleichen Moment erstarrte er jedoch in einer äußerst bizarren Position. Seine Kopffedern stellte er zu einem Kamm auf, Augen und Schnabel weit aufgerissen. Die Flügel schlug er gleich dem Rad eines Pfaus auf und der Körper wirkte, halb liegend, halb sitzend, völlig verrenkt und verdreht.

Der Anblick erinnerte mich an die Hühner, die ich auf der Ranch in New Mexiko großzog. Dort arbeitete ich einige Zeit als Mithilfe beim Viehtrieb, als Babysitterin und als Bürohilfe.

Da ich mein Händchen für Tiere schnell unter Beweis gestellt hatte, wurden mir zudem zwei Duzend Hühnerküken anvertraut. Die größte Herausforderung bestand darin, der Hofhündin Gila zu erklären, dass diese Küken nun zum Hof gehörten und bitte nicht gefressen werden sollten. Das erschien mir anfangs völlig unmöglich. Bis dahin störte es niemanden, dass sie es als ihren Job betrachtete, sämtliches Kleinvieh, das sich versehentlich auf der Ranch verirrte, zu vertreiben oder zu töten.

In meinem Bemühen, Hund und Hühner zu befreunden, verbrachte ich sehr viel Zeit mit Gila und den Küken. Ein junger Hahn schloss mich sehr ins Herz und wich mir nicht von der Seite. Ich nannte ihn Konstantin, in Anlehnung an die Jugendserie, bei dem der Gockel Konstantin eine Rolle spielt, dessen Leben keinen Sinn hat, weil er keine Eier legen kann.

Konstantin erwartete mich schon aufgeregt flatternd und piepsend, wenn ich zu dem Gehege kam, um Gila und meine mir Anvertrauten zu einem Spaziergang auszuführen. Kaum öffnete ich das Tor, kletterte er mir begeistert auf die Hand und von dort auf die Schulter oder auf meinen Kopf, wo er stolz eine ganze Weile sitzen blieb.

Wie gern er mich hatte, musste ich feststellen, als er geschlechtsreif war. Eines Tages saß er wieder auf meiner Hand und schaute mir tief in die Augen. Plötzlich vollführte er merkwürdig zuckende Bewegungen. Ich fragte mich zunächst besorgt, ob er wohl krank sei. Als er dann auf meine Hand ejakulierte, war ich nicht mehr so besorgt. Vielmehr war ich entsetzt und angewidert. Gleichzeitig war ich auch irgendwie gerührt, von diesem kleinen Hahn derart begehrt zu werden.

Kalles eigenartige Position auf dem Balkon jedenfalls erinnerte mich an diese Hühner, die sich oft genussvoll mit ausgestrecktem Gefieder auf den Boden ausstreckten, um sich in der Sonne zu räkeln. Kalle nahm also ein Sonnenbad. Das plötzliche Erstarren in dieser grotesk anmutenden Körperhaltung beobachtete ich noch sehr oft und jedes Mal faszinierte es mich aufs Neue. Es war wie ein Reflex, der urplötzlich eintrat, sobald die Sonne sein Gefieder kitzelte.

Es dauerte noch einige Tage, bis er zuversichtlich mit auf den Balkon kam und dort entspannt verweilte. Er nahm Wasser- und Sonnenbäder oder beobachtete, auf dem Geländer hockend, beeindruckt die Welt da draußen. Doch er wollte partout nicht fliegen.

Schließlich humpelte ich hinunter in den Garten und postierte mich unter den Balkon, um Kalle beharrlich von dort anzulocken: „Komm Kalle, komm her! Na los, Kalle, komm! Trau Dich, Kalle! Komm her!“ Zunächst blickte er unbeeindruckt von dem Geländer unseres Balkons im zweiten Stock des Hauses zu mir herunter.

Dann nahm er plötzlich allen Mut zusammen, flog zu mir herunter und landete auf dem Wäscheständer. Angespornt von diesem Erfolgserlebnis, munterte ich ihn auf, noch ein Stück zu fliegen. Ich entfernte mich einige Meter von ihm und lockte erneut unermüdlich. Nach Minuten, die sich wie eine Ewigkeit hinzogen, setzte er endlich wieder zum Flug an. Er flatterte los und war schon auf halber Strecke, als laut zeternd eine Amsel auf ihn zuschoss. Vor lauter Schreck gab er den typischen Eichelhäherruf von sich – zum ersten Mal in seinem Leben! Dabei driftete er jäh ab, um schließlich unsanft im Brombeerbusch zu landen.

Er krächzte erbärmlich. Vielleicht wegen der Schmerzen durch die Dornen, die ihn überall piekten oder aus Schreck vor der Amsel. Oder aus Bestürzung darüber, dass er das Pech konsequent anzuziehen schien. So laut und herzzerreißend, wie dieser kleine Unglücksrabe schrie, beklagte er wohl alles gleichzeitig.

Er brauchte lange, um sich von diesem schockierenden Erlebnis zu erholen. Es dauerte so lange, dass wir schon gar nicht mehr dran glaubten, dass Kalle jemals unsere Wohnung verlassen würde. Die Balkontür ließen wir den ganzen Tag über sperrangelweit auf. Aber aus eigenem Antrieb nutzte er die Einladung zur Freiheit nicht. Unermüdlich versuchte ich es weiterhin mit Rufen und Pfeifen vom Garten aus.

Doch eines Tages flog er wieder! Er flog bis zu den Birken auf dem Grundstück der benachbarten Kaserne. Dort saß er lange und rief nach mir. Aber wegen des hohen Zauns konnte ich nicht zu ihm. Zu diesem Zeitpunkt war ich noch längst nicht in der Lage, mit meinen Rückenbeschwerden behände über den Maschendrahtzaun samt dreireihigem Stacheldraht obenauf zu klettern. Ich konnte nur hilflos auf unserer Seite des Zauns stehen und zurück rufen.

Lange Zeit riefen wir uns so gegenseitig. Bis er, immer interessierter an seiner Umgebung, stetig weiter weg hüpfte. Ich stand machtlos da und sah zu, wie er sich immer weiter entfernte, bis ich ihn schließlich aus den Augen verlor. Bis zum Abend rief ich ihn erfolglos.

Nick machte mir Mut, dass Kalle, wenn er hungrig wäre, schon zu uns zurück finden würde. Aber auch er war traurig und besorgt. Schließlich konnte er sich nicht von Kalle verabschieden.

Auch von Frankie hatte er sich nicht verabschieden können. Ich kümmerte mich gerade um Frankie, als er beschloss, den großen Flug in die Freiheit anzutreten. Nick war zu dieser Zeit mit seinen Kumpels im Urlaub. Abschiede machen ihn ohnehin immer nur traurig.

So sehr wir die ganze Zeit gewollt hatten, dass Kalle endlich in die Freiheit fliegen möge, so sehr sorgten wir uns jetzt um ihn. Wir kämpften gemeinsam gegen die Zweifel an, ob er von heute auf Morgen in der Lage sein würde, sich selbständig Futter zu besorgen.

Am nächsten Tag riefen wir beide nach ihm: „Komm her Kalle, komm!“ Wir riefen vom Balkon aus und pfiffen im Garten nach ihm. Wie riefen und pfiffen am übernächsten Tag auf der Straße nach ihm. Wir erweiterten den Radius und riefen und pfiffen noch Wochen später. Es war uns egal, dass die Nachbarn uns möglicherweise für verrückt erklärten. Schließlich musste Nick alleine nach ihm rufen und pfeifen. Denn meine Rehabilitationszeit begann.

Ich bin sicher, dass ein berühmter Spitzensportler mit der gleichen Krankheitsgeschichte innerhalb von drei Wochen wieder fit gewesen wäre. Ich hingegen mit meiner gesetzlichen Krankenversicherung quälte mich nun schon ein Dreivierteljahr mit den Schmerzen herum.

Der Start an der Klinik war etwas holprig, da gleich am ersten Abend, ausgelöst durch einen Nieser, mein Iliosakralgelenk blockierte. Das waren grausame Schmerzen. Aber sie wären erträglicher gewesen, wenn mir gleich ein Arzt gesagt hätte, dass dieses Gelenk, beziehungsweise die Muskulatur drum herum, die Ursache der Schmerzen war.

Als mich der Schmerz nach diesem lächerlichen Nieser zu Boden riss, hatte ich jedenfalls panische Angst, dass alles wieder von vorne los gehen würde. Geistesgegenwärtig tätigte ich den Notruf.

Aber ich wurde ja an einem Freitag eingeliefert, damit die Klinik überflüssigerweise zwei weitere Nächte in Rechnung stellen konnte. An Wochenenden war die Klinik üblicherweise nur notdürftig besetzt. In dieser Freitagnacht schien jedoch weit und breit überhaupt kein Arzt anwesend zu sein. Die Schwestern, die Nachtdienst hatten, waren mit meinem Geheule und meinem Geschreie völlig überfordert und tätschelten hilflos meine Hand.

Gegen Mitternacht drohte ich jedoch zu ersticken, weil ich wieder eine Panikattacke bekam. Ich ertrug die Schmerzen einfach nicht mehr, die sich vertausendfacht hatten durch meine Angst. Wundersamerweise trieben die Schwestern dann doch eine Ärztin auf. Diese gab mir Schmerzmittel und ein ordentliches Beruhigungsmittel, das mir half, die Nacht einigermaßen zu überstehen.

Die ersten zwei Tage wurde ich im Rollstuhl herum gefahren. Aber nach und nach lernte ich wieder zu laufen und begann, die verkümmerten Reste meiner Muskulatur aufzubauen. Von da an schritt meine Erholung zügig voran.

Selbstverständlich traf ich auch in der Rehabilitationsklinik eine Esoterikerin an. Mittlerweile hatte ich jedoch eine gesunde Distanz zu diesem Thema. Außerdem tat mein mir mühevoll angelegter Panzer aus Vernunft und Ratio sein Übriges. Ich ließ brav mehrere Reiki-Behandlungen über mich ergehen.

Aufmerksam und manches Mal erschaudernd hörte ich mir die Leidensgeschichten der anderen Insassen an. Bisweilen schämte ich mich mit meinem mickrigen Bandscheibenvorfall angesichts dessen, was so alles an einem Körper kaputt gehen kann.

Die Wassergymnastik brachte mich, neben dem Gerätetraining, am wirkungsvollsten nach vorne. Ich versuchte später auch zu Hause regelmäßig ins hiesige Schwimmbad zu gehen. Aber wenn keiner da ist, der ein Auge auf mich hat, fühle ich mich unsicher. Ich bin davon überzeugt, dass das mit meinen beiden Brüdern zu tun hat, die noch vor meiner Geburt ertrunken waren.

Vielleicht war das auch der Grund, warum ich erst mit neun Jahren schwimmen lernte.

Noch heute habe ich eine unergründliche Angst vor tiefem Wasser. Ich liebe Wasser, aber ich muss noch Boden unter den Füßen haben. Oder jemanden Vertrautes in meiner Nähe.

Vor einigen Jahren waren Nick und ich auf einer Tagung in Dänemark. Die Tagungsräume lagen in unmittelbarer Nähe zum Meer. Als wir die Gelegenheit dazu hatten, gingen Nick und ich zusammen baden. Er schlug vor, bis zur Boje zu schwimmen, die eine gefühlte Ewigkeit entfernt war. Er war sehr geduldig und neckte mich nur ein bisschen, während ich tapfer und mit verkrampftem Magen hinter ihm her planschte.

Kurz vor der Boje überkam mich die furchterregende Vorstellung, nach unten gezogen zu werden. Ich war wie gelähmt und musste mich an Nick festhalten. Er redete beruhigend auf mich ein und ich vertraute ihm. Und schaffte es!

Ich nahm das Angebot der Klinik wahr, an einer psychologischen Sitzung teilzunehmen. Schließlich war ich mittlerweile davon überzeugt, dass mein Rückenleiden rein psychosomatisch war. Sehr aufschlussreich war dieses Gespräch zwar nicht, aber immerhin bestätigte es mich in dem, was mir so langsam dämmerte.

Ich musste etwas ändern! Ich wusste nur noch nicht was. Aber ich wusste, dass ich Entscheidungen treffen musste.

Ich traf Entscheidungen und setzte diese auch um. Am Anfang erst ganz kleine Entscheidungen. Zum Beispiel die Entscheidung, die hundert Meter bis zu dem kleinen See neben der Klinik zu gehen. Dort saß ich dann lange mit angespannter Bauchmuskulatur und aufrechter Sitzposition und beobachtete die Enten und Schwäne. Als nächstes entschied ich mich dazu, ganz um den See zu gehen. Dann kam die Entscheidung, der Esoterikerin zu gestehen, dass ich von dem ganzen Kram nichts halte. Sie sendete mir ungeachtet dessen weiterhin positive Energie, was ich sehr nett fand.

Allmählich bekam ich Routine im Entscheiden und traute mich, als ich wieder entlassen wurde, an gewichtigere Dinge heran.

Sie haben doch recht, all die ratgebenden Weisen und Klugen: man muss nur eine Entscheidung treffen, und alles andere nimmt seinen Lauf. Zuerst war es nur eine vage Idee, eine Möglichkeit, die sich zögerlich annäherte. Aber sie nahm immer mehr Gestalt an. Bis sie mich voll und ganz ergriff.

Ich kündigte den Job in Köln, zog zurück in Nicks Wohnung, und machte mich selbständig. Ich bot Kurse zum Thema Pferdekommunikation an, hielt Vorträge über artgerechte Haltung und pferdegerechten Umgang im Speziellen und Verhaltensbiologie im Allgemeinen. Daraufhin passierten sonderbare Dinge, die mir noch heute ein Rätsel sind.

Beispielsweise waren Schulden seit jeher mein treuer Begleiter gewesen. Ich hatte während des Studiums kaum genug Geld, um über die Runden zu kommen. Gegen Ende der Diplomarbeit hatte ich eine Traumfigur, ich war rank und schlank. Mein Geld reichte nämlich gerade so aus, um die Wohnung und die Studiengebühren zu bezahlen, für Chicos Futter und für meinen Zigarettenkonsum.

Zu dieser Zeit lernten Nick und ich uns kennen und verliebten uns ineinander. Da Liebe bekanntlich durch den Magen geht, lud er mich fast täglich zum Mensaessen ein. An manchen Abenden kochte er bei sich zu Hause etwas Leckeres.

Während meiner Promotion sah es schon etwas besser aus. Aber ich kam nie aus den roten Zahlen. Obwohl ich später in Köln gutes Geld verdiente, verschluckten die vergleichsweise hohen Lebenshaltungskosten und vor allem die Pendelfahrten zwischen Oldenburg und Köln, die ich ohnehin auf ein Minimum reduzierte, sämtliches Geld.

Doch seit meiner Entscheidung, mich selbständig zu machen, habe ich nur noch schwarze Zahlen auf dem Konto.

Ich entschied mich nämlich dazu, das Recht zu haben, nicht mehr unter Geldsorgen leiden zu müssen.

Meine Selbständigkeit lief gut an und ich gewann zunehmend wieder an Selbstvertrauen. Zudem trainierte ich fleißig und baute nach und nach meine Muskulatur wieder auf. Eigentlich war alles gut. Aber ich war doch nicht wirklich glücklich.

Nick war von der plötzlichen Nähe und der Ungewissheit, wie das mit mir beruflich weiter gehen sollte, scheinbar völlig überfordert. Zumindest empfand ich nicht, dass er an mich und mein Projekt glaubte. Ich erkannte da noch nicht, dass ich es war, die nicht vollends an mich glaubte. Außerdem war nicht nur er mit der beengenden Wohnungssituation unzufrieden. Doch das alleine war es nicht, was mich nicht zur Ruhe kommen ließ.

In der von Kalle geprägten Zeit, als ich noch hauptsächlich auf dem Boden herum vegetiert hatte, verbrachte ich viel Zeit mit Nachdenken und Grübeln. Mir wurde vieles über mich selbst klar. Ich arbeitete intensiv daran, meine eigenen Bedürfnisse besser zu erkennen und wertzuschätzen.

Ich konnte durch Kalle aber auch einen tieferen Einblick in das Wesen von Nick erhaschen. Aus sicherer Entfernung konnte ich beobachten, was für einen inneren Kampf er durchlebte, wenn er im Begriff war, sein Herz zu öffnen. Auf der einen Seite dominierte sein Verlangen nach Ungebundenheit, Freiheit und Eigenständigkeit. Auf der anderen Seite zerrte die Sehnsucht, sich jemandem anzunehmen, jemanden zu lieben und von diesem Jemand geliebt zu werden.

Bei mir kam dieser innere Zwist stets als Widersprüchlichkeiten in seinem Verhalten und seinen Worten an, die mich manches Mal tief verletzten und verunsicherten.

Durch Kalle konnte ich lernen, diese Widersprüchlichkeiten zu entschlüsseln. Kalle lieferte mir den Code für Nick. Ich glaubte, seinen inneren unbewussten Kampf besser zu verstehen. Wie dieser Mann mal sein Innerstes nach außen kehrte, Platz machte in seinem großen, weichen Herzen. Sich für einen kurzen Augenblick von seinen Altlasten und Schuldgefühlen freimachte. Um sich dann wieder zu verstecken, den Kopf in den Sand zu stecken, davon zu laufen, weg zu schauen. Wie eine Katze, die ihren Kopf hinters Sofa steckt und glaubt, nur weil sie niemanden sieht, würde auch sie nicht gesehen werden.

Ich vermisste Kalle. Ich hatte das Gefühl, ihn zu brauchen, um noch mehr über diesen Mann zu lernen. Um mehr über mich zu lernen. Den ganzen Winter über, der zu allem Überfluss der kälteste und verschneiteste seit dreißig Jahren war, sorgten wir uns um Kalle. Bei jedem Eichelhäher, den wir die letzten Eicheln und Walnüsse unter dem Schnee ausgrabend erblickten, riefen wir erfolglos Kalles Namen und trällerten unsere typischen Kalle-Lockpfiffe.

Es wurde März, der Schnee schmolz und mit ihm die Hoffnung, dass Kalle diesen Winter überlebt haben könnte.

Heimkehr

Diese Kunst
im Gehen zu bleiben
im Bleiben zu gehen
sich zu orten
wo kein Bleibeort
(Annemarie Schnitt[7])

„Moin! Na, haben Sie heute schon die Zeitung gelesen? Da ist euer Kalle drin!“ Ich war gerade erst aufgestanden und ging noch halb schlafend mit Chico vor die Tür, als ein Nachbar mich mit diesen Worten begrüßte. Ich verstand zunächst gar nichts. Zeitung? Kalle? Was hat das eine mit dem anderen zu tun? Da wäre ein Artikel über einen zahmen Eichelhäher in der Zeitung.

Er brachte mir später den Artikel der Nord-West-Zeitung vorbei. Über einem Bild eines auf einem Fernseher sitzenden Eichelhähers stand mit großen Lettern: „Eichelhäher ein treuer Geselle – Freilebender, aber zahmer Vogel besucht Familien in Donnerschwee.“

Gespannt lasen Nick und ich den Artikel, der von einem vermutlich von Menschenhand aufgezogenen Eichelhäher berichtete, der sogar die Fernbedienung bedienen könntc. Wir versuchten aus dem Text und anhand des Bildes Kalle zu erkennen. Es sprach auch einiges dafür, aber wir wollten ganz sicher sein.

Also rief ich bei der Redaktion der NWZ an und fragte, ob es möglich wäre, die Adresse der Frau zu erhalten, die die Bilder eingeschickt hatte. „Wir können die Adresse nicht rausgeben, tut mir leid.“ Verflixter Datenschutz. „Aber wir haben letztes Jahr einen Eichelhäher großgezogen, und wollen gerne wissen, ob das nicht unser Kalle ist, über den Sie geschrieben haben.“ Daraufhin wurde ich an den Journalisten weitergeleitet, der den Artikel geschrieben hatte. Der war so begeistert davon, dass Rätsel um die Herkunft des zahmen Eichelhähers lösen

---

[7] mit freundlicher Genehmigung von Frau Annemarie Schnitt

zu können, dass er uns gleich am nächsten Tag besuchte. Er wollte die ganze Geschichte erfahren, um einen weiteren Artikel zu schreiben. Außerdem gab er uns die ersehnte Adresse.

Wir statteten der Frau noch am selben Tag einen Besuch ab, aber Kalle war nirgends zu sehen. Dafür berichtete sie uns ausführlich, wie es ihr mit diesem außergewöhnlichen Vogel ergangen war.

Kalle hätte eines Tages auf ihrem Balkon gesessen und überhaupt keine Scheu gezeigt. „Er sah mitgenommen und zerzaust aus und da holte ich ihm etwas Müsli aus der Küche. Er fing auch an, davon etwas zu fressen. Ich dachte mir, dass es wohl ein Jungvogel sei, der noch nicht richtig verstand, sich selber Futter zu suchen."

Der arme Kalle, dachte ich im Stillen. Ich fühlte mich wie eine Rabenmutter, die ihr Junges im Stich gelassen hatte. Sie fuhr fort: „Er blieb circa eine Stunde. Ich machte auch ein paar Fotos."

Sie stand auf und fuhr ihren Rechner hoch, um uns die Bilder zu zeigen. Eindeutig war dieser Eichelhäher, der da mit einem schiefen Fuß entweder auf dem Fernseher, dem Sofa oder ihrem Regal stolzierend abgelichtet war, unser Kalle.

Laut ihrer Nachbarn streunte er schon seit einigen Tagen in der Gegend herum und inspizierte alles, ohne von Menschen zurück zu weichen. „Wenn ich am Wochenende zu Hause war, kam er immer öfter vorbei und spielte auch mit den Dingen, die draußen zur Dekoration herumstanden. Oder mit dem Geschirr, dass ich mit nach draußen nahm. Die eine oder andere Tasse musste dann auch dran glauben."

Von da an wäre Kalle regelmäßig zu Besuch gekommen, um sich mit Nüssen verwöhnen zu lassen. „Die Erdnüsse hat er immer so kunstvoll gepult. Das war einfach entzückend!" „Er liebte auch Butterkekse", warf Nick ein. „Ach. Das habe ich noch nicht ausprobiert." Sie ging gleich in die Küche und bereitete ein Tellerchen mit Butterkeksen, dass sie auf den Balkontisch stellte.

Dann erzählte sie weiter: „Wenn die Türen geschlossen waren und er mich im Wohnzimmer sah, hat er an die Scheibe geklopft und regelrecht um Einlass gebeten. Sein

Lieblingsplatz war auf dem Fernseher. Manchmal hatte ich den Eindruck, er wollte bewusst ein anderes Programm einstellen, wenn er auf die Fernbedienung hackte. Ich hatte währenddessen mehrmals Besuch, die sich über den putzigen Vogel jedes Mal freuten und sehr erstaunt waren, wie zutraulich er ist. Einem Kumpel hat Kalle auch schon mal das Handy oder Portemonnaie aus der Hosentasche gezogen!“

Wir saßen noch lange zusammen und hatten viel Spaß dabei, uns gegenseitig unsere Erlebnisse mit Kalle zu erzählen.

Eine Woche darauf stand der zweite Artikel über Kalle in der Zeitung. Er nahm fast eine komplette Seite einnahm und trug den Titel: „Eichelhäher Kalle kommt aus gutem Haus – Biologenpaar päppelt Küken liebevoll auf – Flug in die Freiheit!“ Daraufhin meldete sich eine weitere Person, deren Balkon Kalle im Winter aufgesucht hatte. Frau Schmidtke erzählte der NWZ von Kalles Besuchen bei ihr und schickte ebenfalls Bildmaterial und sogar ein Video ein.

Ein dritter Artikel erschien daraufhin wieder eine Woche später: „Herr Schmidtke mag Mehlwürmer – Vogel aus Donnerschwee über Winter auch an der Kranbergstraße!“

Sie hatte ihn nach ihrem Nachnamen benannt! Natürlich konnte sie im Winter noch nicht wissen, dass er Kalle heißt und ich habe meinen lächerlichen eifersüchtigen Anflug noch im selben Moment überwunden. Das Wichtigste war doch, dass Kalle durchgekommen ist. Und all diese netten Menschen halfen ihm dabei, worüber ich unendlich dankbar war.

Trotzdem war ich auch ein wenig neidisch, weil sie Kalle den ganzen Winter über erleben durften, er aber nicht zu uns zurück gekommen war. Bedeuteten wir ihm denn gar nichts? Hatte er uns einfach so vergessen? Zu diesem Zeitpunkt konnten wir ja noch nicht ahnen, dass wir Kalle bald wieder sehen würden. Der Anlass dazu war leider nicht sehr erfreulich.

Nick hatte sich an jenem Morgen bereits zur Arbeit verabschiedet, als er kurze Zeit später aufgelöst in Begleitung einer jungen Frau in die Wohnung stürmte. Bei der jungen Frau handelte es sich um Frau Schmidtke. Kalle säße in ihrer Wohnung und wäre verletzt. Als sie Kalle hilfsbedürftig bei ihr auf dem Balkon angetroffen hatte, hätte sie sich an den Artikel über uns in der Zeitung erinnert. Sie hat sich dann gleich auf den Weg gemacht, um uns zu Hilfe zu holen, da wir ja schließlich Biologen seien und ihn außerdem großgezogen hätten.

Um für alle Eventualitäten gerüstet zu sein, schnappten wir uns den kleinen Papageienkäfig vom Dachboden und fuhren alle zusammen die dreihundert Meter zu ihrer Wohnung mit dem Auto. Wir wussten nicht, was uns erwarten würde. Frau Schmidkte erzählte nur ganz aufgeregt, dass er sehr schwach wirken würde, und sie nicht wisse, was er hätte. „Er sieht aus, als würde er jeden Moment sterben.“ Dann traten wir in ihr Wohnzimmer ein.

Da saß Kalle, vielmehr lag er fast, sich kaum aufrecht halten könnend, auf dem Schreibtisch. Als er uns in das kleine Studentenzimmer hereinkommen sah, schrak er zunächst auf und drehte aufgeregt eine Runde im Zimmer, um halb schlitternd, halb stürzend wieder auf dem Schreibtisch zu landen.

Sein rechtes Bein konnte er gar nicht belasten. Sein rechtes, geschwollenes Auge hielt er die ganze Zeit geschlossen. Sein Gefieder war furchtbar zerzaust und von den Schwanzfedern waren nur noch Fetzen übrig.

Er machte einen solch kläglichen Eindruck, dass sogar meinem sonst so emotional kontrollierten Freund die Tränen in den Augen standen. Ich hatte da weniger Hemmungen und ließ die Tränen einfach fließen. Ich weinte vor Freude, ihn endlich nach so langer Zeit wieder sehen zu dürfen. Dankbarkeit erfüllte mich und ich konnte es kaum fassen, dass da unser Kalle leibhaftig vor uns sitzt. Ich weinte aber auch, weil er mir fruchtbar leid tat und ich mir große Sorgen machte.

Sollte das unser Wiedersehen sein? Mit einem Abschied unmittelbar danach? Offensichtlich hatte er große Schmerzen, nicht einmal Futter wollte er annehmen. Es war klar, was zu tun war. Nick nahm Kalle vorsichtig in seine Hände. Frau Schmitdke war darüber etwas erstaunt, weil sie es, trotz seines derzeitigen Zustands, nicht geschafft hatte, ihn einzufangen.

Kalle hatte sich, seit er fliegen gelernt hatte, auch von mir nie anfassen lassen. Nick war der einzige, dem Kalle jemals freiwillig auf die Hand gesprungen war.

Wir setzten Kalle behutsam auf den Boden des Käfigs und legten ein Handtuch um ihn, damit er einen sicheren Halt hatte. Nachdem wir Frau Schmidtke für ihre Hilfe dankten und uns verabschiedeten, eilten wir zu der Kleintierklinik, zu der wir Kalle im vergangenen Jahr wegen seines Beinbruchs gebracht hatten.

Die Tierärztin untersuchte ihn gründlich, konnte aber keinen Bruch oder Schlimmeres feststellen. „Vielleicht ist er vor ein Auto oder eine Scheibe geflogen“, vermutete sie, da seine komplette rechte Körperhälfte traumatisiert und leicht gelähmt war. „Da kann man jetzt nicht viel machen, außer abwarten. Aber er ist ja ansonsten in einem guten Zustand und gerade Wildvögel haben stark ausgeprägte Selbstheilungskräfte.“ Das beruhigte uns etwas.

Sie gab ihm Schmerzmittel und uns Augentropfen mit auf den Weg sowie den Hinweis, dass Fußmassagen helfen könnten, die gelähmte Kralle wieder zu aktivieren. Außerdem sollten wir ihn, wenn möglich in eine Voliere mit vielen Stangen sperren, bis er wieder zuverlässig greifen und stehen könne.

Eingesperrt

Der Panther

Sein Blick ist vom Vorübergehn der Stäbe
so müd geworden, dass er nichts mehr hält.
Ihm ist, als ob es tausend Stäbe gäbe
und hinter tausend Stäben keine Welt.

Der weiche Gang geschmeidig starker Schritte,
der sich im allerkleinsten Kreise dreht,
ist wie ein Tanz von Kraft um eine Mitte,
in der betäubt ein großer Wille steht.

Nur manchmal schiebt der Vorhang der Pupille
sich lautlos auf –. Dann geht ein Bild hinein,
geht durch der Glieder angespannte Stille –
und hört im Herzen auf zu sein.

(Rainer Maria Rilke, 1875-1926)

Zwei Tage lang war Kalle noch sehr schwach und das Schmerzmittel tat sein übriges, ihn lahm zu legen. Zum Füttern nahmen wir unseren Bruchpilot aus der Voliere und stopften ihn mit energiereicher Nahrung: Kartoffeln, Hackfleisch, Ei und jede Menge Mehlwürmer, die wir vorher in Mineralien und Vitaminen tränkten. Dann bekam er die Augentropfen und eine ausgiebige Fußmassage. Die ganze Prozedur ließ er sich gut gefallen, zumal er sowieso viel zu schwach war, um sich zu wehren.

Noch konnten wir nur rätseln, ob er uns oder die Wohnung, in der er aufwuchs, wohl wieder erkennen würde.

Diesen wilden Eichelhäher in einem Käfig eingesperrt zu sehen, war eine echte Bewährungsprobe für mich. Ich kann es nicht ertragen, Tiere eingesperrt zu sehen. Ob Hunde im Zwinger, Pferde in vergitterten Boxen, Vögel in Käfigen oder Volieren – es schmerzt mich jedes Mal, das zu sehen. Zumindest, wenn die Tiere nicht frei entscheiden dürfen, sich darin aufzuhalten.

Die Zeit, die ich von Schmerzen gepeinigt, auf dem Boden unseres Wohnzimmers verbrachte, war für mich nichts anderes gewesen, als eingesperrt zu sein. Ich konnte nicht frei entscheiden, wohin ich gehen oder was ich tun könnte. Mir stand nur eine begrenzte Auswahl an Möglichkeiten zur Verfügung. Lege ich mich jetzt auf die rechte, oder auf die linke Seite? Lege ich mich auf den Bauch oder auf den Rücken? Mache ich jetzt ein Rätsel, lese ich lieber ein Buch oder sehe ich fern?

Ich kann den Wahnsinn nachvollziehen, der ein eingesperrtes Tier dazu bringt, ersatzweise irgendwelche Bewegungen monoton und immer wiederkehrend auszuführen. Die sich schließlich in einer Verhaltensstörung manifestieren. Ein Stall, ein Zwinger oder eine Voliere sollten Tieren stattdessen Schutz, Geborgenheit, Sicherheit, Rückzug oder die Möglichkeit bieten, in Ruhe Nahrung aufzunehmen. Jeder braucht einen Ort, wo er sich zurück ziehen kann, der eine Konstante bietet.

Ich sehnte mich auch nach einem solchen Ort, nach solch einer Konstanten. Es war ein Sehnen nach etwas Unbekanntem. Etwas, das nur in meiner Vorstellung existierte. „Meine Heimat ist, wo mein Herz ist“ war stets meine Antwort auf die Frage, wo ich eigentlich her käme und wo mein Zuhause sei. Unsere Familie lebte nie lange an einem Ort. Wir wohnten lange im Ausland und zogen auch innerhalb Deutschlands mehrmals um.

Ich beneidete Nick jedes Mal, wenn wir seine Mutter besuchten und in seinem Kinderzimmer übernachteten. Dort wartete seine Kindheit auf ihn, umarmte ihn mit Erinnerungen, strahlte Geborgenheit und Leichtigkeit aus.

Ich hätte auch gerne ein solches Kinderzimmer. Aber was soll ich sagen: mein Kinderzimmer lebt in meinen Pferden weiter. Kindheit bedeutet für mich mit Pferden zu sein. Besonders in Amiras Gegenwart, die noch aus unserer Zucht von damals stammt, leben meine Kindheitserinnerungen regelmäßig auf. Meine Pferde geben mir ein Gefühl der Geborgenheit, der Zugehörigkeit.

Als ich von Köln zurück nach Oldenburg zog, war der Widerstand, auf den ich zunächst stieß, gewaltig. In meiner Verzweiflung ließ ich mich auf eine fragwürdige Abmachung mit Nick ein, ohne wirklich daran zu glauben. Zu dieser Zeit glaubte ich sowieso an gar nichts mehr und wusste überhaupt nicht, wie es mit weiter gehen sollte. Vor allem musste ich erst einmal die Nachwirkungen des Opiumentzugs überstehen. Ich versprach Nick also, dass ich nur übergangsweise hier wohnen würde. Ich würde mir eine eigene Wohnung und irgendeinen Job irgendwo in Deutschland suchen und das so schnell wie möglich.

Ich weiß nicht, warum ich Nick nicht einfach die Wahrheit gesagt habe. Was mich daran hinderte, ihm zu erklären, dass ich Zeit brauchte, um Kraft zu tanken und um Orientierung zu finden. Und vor allem, dass ich einen Menschen um mich brauchte, der mir Sicherheit gab, als ich mich so verloren glaubte.

Es verletzte und verunsicherte mich, dass er sich so sehr gegen das Zusammenleben mit mir wehrte. Insgeheim klammerte ich mich an den Traum, ihn eines Tages zu heiraten, Kinder mit ihm zu haben und unser eigenes, geräumiges Haus zu besitzen. Stillschweigend hoffte ich, dass er sich das auch früher oder später wünschen würde. Gleichzeitig bemühte ich mich, zu verdrängen, dass der regelmäßig wiederkehrende Kampf ums Arrangieren und Beschönigen mir mehr Kraft und Nerven raubte, als mir zur Verfügung standen.

Ich tröstete mich damit, dass Männer nun einmal länger brauchen, bis sich in ihnen familiäre Gedanken einnisten und sie eben anders ticken als Frauen. Das zumindest bestätigen mir bestimmte Bücher und entsprechende Dokumentationen und Filme. Auch unsere Freunde trösten mich damit, wenn wir sie auf ihren Hochzeiten besuchen und ihnen zu ihrem ersten Kind gratulieren, dann zu ihrem zweiten, dritten...

Er kann manchmal wie ein Granitfels sein, der starr inmitten einer tosenden Brandung steht. Das gibt mir durchaus auch Sicherheit, da ich mich daran anlehnen und festhalten kann. Aber manchmal renne ich mir meinen Schädel an diesem Granitfels ein.

In dem Winter, in dem Kalle fort gewesen war, hatte ich mehrere meiner geliebten Zimmerpflanzen verloren, weil seiner Meinung nach kein Platz für sie in der Wohnung war. Ich hatte nicht die Kraft gehabt, mich durchzusetzen und so mussten sie auf dem Dachboden und dem kalten Treppenflur überwintern. Ich liebe meine Pflanzen. Es war in diesem Winter, als wäre mit den Pflanzen etwas von mir gestorben. Als wäre etwas in mir verwelkt. Ich verübelte es ihm jedes Mal, wenn ich seinen Ficus Benjamini goss, der im Wohnzimmer gedieh.

Ich lehnte mich ein paar Mal auf, sammelte meine dürftige Energie und nötigte ihn zu einem Gespräch. Ich gab die Illusion auf, darauf zu warten, dass er plötzlich von sich aus den Wunsch verspüren könnte, mit mir Pläne für die Zukunft zu machen. Zumal so manche meiner verheirateten Freundinnen beichteten, dass ihr Mann diesen Weg auch nicht von sich aus, sondern mit der Pistole auf der Brust beschritten hätte. Also versuchte ich es auch.

Nach meinem letzten Versuch, kurz vor seiner Abreise in die USA, flüchtete ich anschließend zum Friedhof. Ich suchte das Grab einer älteren, mir völlig fremden Dame auf, in der Hoffnung dort Trost zu finden. Als ich nach geraumer Zeit zurückkam, entschuldigte er sich und vertröstete mich mit der Forstsetzung des Gesprächs auf seine Rückkehr von der Tagung. Ich ließ mich darauf ein, weil ich Verständnis dafür hatte, dass er momentan unter großem Druck stand und noch viel zu tun hatte vor seiner Abreise.

Ich packte alle meine Sehnsüchte und Wünsche in eine Kiste, hängte ein eisernes Schloss davor und stellte die Kiste in die hinterste Ecke meines Seins. Allerdings sollte sich schon bald zeigen, dass sie sehr hartnäckig sein würden. Sie veränderten ihre Form und zwängten sich durch kleinste Ritze, um mir weiter zuzusetzen. Als viskose, zähe Masse nahmen sie jeden Zwischenraum in meinem Gehirn ein. Hin und wieder fanden sie den Weg in mein Sprachzentrum, hinunter zu den Stimmbändern, der Zunge, den Lippen und heraus kamen subtile Vorwürfe, Sticheleien, Worte griesgrämiger Verbitterung.

Komm mal her, Kalle!

„Ein Tag ohne Lächeln ist ein verlorener Tag"
(Charlie Chaplin, 1889-1977)

Langsam erholte sich Kalle aus seinem komatösen Zustand. Die betäubende Wirkung des Schmerzmittels ließ zusehends nach und er gewann wieder an Vitalität. Tapfer hielt ich durch, ihn nicht zu früh aus der Voliere zu lassen. Zunächst stand er sowieso nur reglos auf dem linken Bein, aber er versuchte immer öfter auch mit seiner rechten Kralle die Stange zu greifen. Schließlich wagte er seinen ersten Sprung auf eine andere Stange. Obwohl er noch nicht in der Lage war, diese auch mit beiden Krallen zu umgreifen, gewann er doch sein Gleichgewicht zurück. Da ihm das Hüpfen offensichtlich noch Schmerzen verursachte, vertrieb er sich die Zeit dann doch lieber damit, sich interessiert umzuschauen. Aufmerksam blickte er in alle Richtungen.

Plötzlich reckte er seinen Hals in die Höhe und riss die Augen weit auf. Ich meinte, so etwas wie Erinnerung in seinem Gesicht zu erkennen. Auf einmal vergaß er seinen Schmerz und sprang auf die Stange, die am nächsten zu mir gelegen war. Er nahm eine merkwürdige Haltung ein und fing tatsächlich an, mich anzubalzen!

Ohne Unterlass schmetterte er bizarre Laute, ganze Melodien. Es begann mit vier oder fünf aufeinander folgenden hohen Rätschtönen, die in ein kastagnettenähnliches Decrescendo übergingen. Zwischendurch warf er immer wieder Trillern und leises Zwitschern ein, dabei offensichtlich andere Singvögel nachahmend. Dann wieder pfiff er fröhliche Melodien wie ein Mensch, der unter der Dusche steht.

Später versuchte ich zusätzlich zu seinem ohnehin vielfältigen Repertoire, ihm den Pfiff beizubringen, mit dem Männer gerne attraktiven Frauen anerkennend hinterher pfeifen. Es zahlte sich aus, dass ich zwei Tage lang ohne Unterlass und bei jeder Gelegenheit diesen Pfiff von mir gab. Am Morgen des dritten Tages weckte er uns, indem er unentwegt und scheinbar voller Stolz und Freude über sich selbst, diesen Pfiff zum Besten gab. Noch heute hört man diesen Pfiff sehr oft in der Nachbarschaft. So manche Dame wird sich bereits umsonst anmutig nach einem potentiellen Verehrer umgedreht haben.

Ich fand Kalles Darbietung so irre, dass ich Nick unbedingt daran teilhaben lassen wollte. Noch während ich seine Büronummer wählte, fing Kalle an zu miauen und zu bellen. Dann wieder hörte er sich an wie ein knarrender, ächzender Baum, um schließlich das herzhafte Wiehern eines Pferdes zu imitieren.

Nick meldete sich am anderen Ende der Leitung und ich stellte die Freisprechanlage an. Kalle gab gerade einen Bussardschrei, gefolgt von dem Keckern einer Elster von sich. Plötzlich klingelte etwas. Es war ebenfalls Kalle! Ihm gefiel sein Klingelton offensichtlich selber so gut, dass er ihn am laufenden Band wiederholte. Ich kannte diesen Klingelton bis dahin nicht. Einige Wochen später saßen wir in einem Fischrestaurant an der Nordseeküste. Als wir genau diesen Ton hörten, sahen wir uns für einen kurzen Augenblick irritiert um. „Was macht Kalle denn hier?“, fragten wir gleichzeitig, bevor uns klar wurde, dass ein Telefon klingelte.

Damit Nick Kalles tierisches Konzert auch gut hören konnte, hielt ich den Telefonhörer so nah wie möglich neben Kalle. Ich hörte eine Stimme und schaltete die Lautsprechfunktion des Telefons wieder aus. Den Hörer wieder an mein Ohr haltend, bat ich Nick zu wiederholen, was er gerade gesagt hatte. „Ich habe gar nichts gesagt, Du hast doch gerade geredet“, entgegnete er verwundert. Das Rätsel, wer da gesprochen haben mochte, löste sich dann auch prompt auf. Kalle brabbelte zwar unverständliche, aber eindeutig an menschliche Sprache erinnernde Silben und Worte.

Hin und wieder verstand ich „Guzi guzi“, aber mir war nicht klar, was das bedeuten sollte. Als ich später, wie jeden Abend, Chico zur Guten Nacht noch einmal tüchtig kuschelte, fiel mir auf, dass ich dabei permanent „Guzi guzi“ von mir gab, als würde ich ein Kleinkind knuddeln. Mir war das vorher nie aufgefallen.

Einen sinnvollen Satz aber konnte man sehr deutlich verstehen. Diesen wiederholte er auch unzählige Male:

„Komm her, Kalle! Komm mal her! Kalle, Komm!“ Wir konnten es nicht fassen!

Später beobachteten wir, dass Kalle diesen Satz sehr vielfältig einsetzte. Für ihn hatte dieser Satz offenbar eine enorme, je nach Situation unterschiedliche Bedeutung. Auf jeden Fall aber nicht die, die wir dahinter verstanden, nämlich, dass Kalle herkommen möge.

Es schien gelegentlich eine Art Begrüßung zu sein. Oft war es das erste, was er von sich gab, wenn er von draußen in das Wohnzimmer hineingestürmt kam und auf dem Fernseher oder einer Stuhllehne landete. Er benutzte es aber auch als eine Art Dankeschön, wenn wir ihm eine Nuss reichten. Mit der Nuss im Schnabel guckte er uns dann mit schief gehaltenem Kopf an und presste: „Guzi, guzi, komm mal her! Uäähg“ aus seinem vollen Schnabel. Manchmal piepte er aber auch nur kurz als Dankeschön.

Wenn er wütend war, zum Beispiel, wenn wir ihm etwas wegnahmen, was er besser nicht verstecken oder kaputt machen sollte, unterstrich er seinen Ärger dadurch, dass er mit einem empörten Unterton laut krächzte: „Komm mal her, Kalle!“

Einmal verfolgte Kalle einen Specht auf der großen Eiche im Garten. Kalle flatterte von Ast zu Ast, immer dem Buntspecht hinterher, der behände den Stamm hinauf kletterte. Als der Specht sich auf einem dicken Ast ausruhen wollte, sprang Kalle hinterher, baute sich vor ihm auf und schrie ihn an: „Komm mal her, Kalle!“ Daraufhin suchte der Specht jedoch das Weite.

Für Kalle schien es auch ein Kampfruf zu sein. Zur Brutzeit stritten sich Dude und Kalle einmal heftig. Sie verfolgten sich immer wieder gegenseitig vom Balkon aus. Die Situation drohte zu eskalieren, als sie in einem in der Luft ausgetragenen Zweikampf känguruartig mit den Klauen aufeinander einboxten. Das ging sehr schnell, war unglaublich wild und heftig und endete damit, dass sie sich auf unserem Balkongeländer voreinander aufbauten. Kalle nahm seine angewinkelte Drohhaltung ein und schrie Dude aus vollem Leib an: „Komm mal her, Kalle!“ Fehlte nur noch diese aus Kampffilmen bekannte Geste, als z.B. Jean Claude van Damme den jungen Karate Kid mit der winkenden Handbewegung zum Kampf herausforderte.

Selbstverständlich informierte ich den Journalisten der NWZ über Kalles Genesung und seine Talente. Wenige Tage später lasen wir gerührt die Zusammenfassung von Kalles tragischer Rückkehr: „Kalle gesund: Kalle, der inzwischen schon stadtbekannte Eichelhäher, hat wahrscheinlich bei einem Unfall Verletzungen erlitten. Der putzige Vogel wurde von seinen Zieheltern mit Massagen gesund gepflegt. Beim Wiedersehen rollten Tränen."

Kalle brauchte noch fast eine Woche bis er endlich wieder heiter in der Voliere hin und her hüpfen und seine Kralle wieder zuverlässig beim Landen einsetzen konnte. Kurz nach Ostern war er endlich so weit, seine ersten Flug- und Landeversuche in der Wohnung zu starten.

Kaum hatte ich die Volierentür geöffnet, flatterte er munter auf den Wohnzimmertisch. Neugierig humpelte er zu unseren Osternestern. Nachdem er sorgfältig und höchst konzentriert dem Osterhasen das glitzernde Alugewand ausgezogen hatte, nahm er sich die ebenfalls in Folie verpackten Schokoeier vor. Als er des mühseligen Auspackens überdrüssig wurde, klemmte er sich ein Ei in den Schnabel, flog zum Benjamin und versteckte es in der Blumenerde. Dann flog er zurück zum Nest und verfuhr ähnlich mit dem restlichen Inhalt. Zum Schluss war nur noch das künstliche Gras übrig, mit dem er offensichtlich nichts anfangen konnte. Also suchte er sich eine andere Beschäftigung.

Es war herrlich, ihn zu beobachten und ihm zuzuhören. Wir nahmen seinen Gesang und sein Geplapper mit einem Tonbandgerät auf und erstellten einige Amateurfilme, mit denen wir sein buntes Treiben festhielten. Sein Bein machte gute Fortschritte und der Tag seiner Freiheit rückte näher.

Dann war es so weit. An einem Dienstagmorgen öffneten wir die Balkontür. Er sah erst uns an, dann zur offenen Tür und wieder zu uns. Zögerlich hüpfte er auf den Boden und näherte sich der Tür.

Ich hoffte kurz, er würde gar nicht erst raus wollen. So wie damals, nachdem er sich vor der Amsel erschrocken hatte und daraufhin nicht mehr die Wohnung verließ. Aber schließlich setzte er doch zum Flug an. Zunächst landete er auf dem Balkongeländer. Dort hockte er eine Weile, sah sich um, putzte ausgiebig sein Gefieder und flog schließlich davon.

Wir standen noch eine ganze Weile auf dem Balkon, natürlich nicht ohne nach ihm zu pfeifen. Es machte uns nun doch sehr wehmütig, nicht zu wissen, ob wir ihn je wieder sehen würden. Schwer rissen wir uns davon los, vom Balkon zu starren. Nick musste zur Uni und auf mich wartete jede Menge Arbeit am Schreibtisch.

Kurze Zeit später rief Nick von seinem Büro aus an. „Kalle ist noch nicht wieder aufgetaucht“, kam ich ihm zuvor. „Schade. Aber deswegen rufe ich nicht an. Weißt du, wer gerade hier angerufen hat?“ Na ja, Kalle ganz bestimmt nicht, dachte ich. „Morgen wird ein Filmteam vom NDR kommen. Wegen Kalle!“ „Aber er ist doch gar nicht mehr da?!“ „Sie wollen trotzdem kommen. Sie sagen, sie hätten den ganzen Tag Zeit und entweder kommt er oder nicht.“

Während ich die Wohnung gründlich aufräumte, schwankte ich zwischen neugieriger Vorfreude auf das Fernsehteam und Enttäuschung darüber, dass wir nicht noch einen Tag länger gewartet hatten. Aber es konnte ja keiner ahnen, dass das Fernsehen zu uns kommt. Außerdem hatten wir Kalle versprochen, dass wir ihn wieder frei lassen würden, sobald er genesen und das Wetter schön ist. Und das war heute.

Am nächsten Tag wurden wir von einem herzzerreißenden Eichelhäherruf geweckt. Blitzartig sprangen wir aus dem Bett und rannten auf den Balkon. Wir konnten unser Glück kaum fassen: Kalle war da! Er war wieder gekommen! Wir sind sein Zuhause!

Er flog selbstsicher, als wäre es die normalste Sache der Welt, ins Wohnzimmer, landete auf dem Tisch, wo die verschlossene Box mit den Mehlwürmern stand und schaute uns auffordernd an. „Kräh!“ Sein leises, sanftes Krähen, dass er immer von sich gab, wenn er etwas haben wollte, ging mitten in unsere Herzen. Wir waren so glücklich, wie Eltern es sein müssen, wenn der verlorene Sohn heimkehrt.

Uns fiel ein, dass das Filmteam gleich kommen würde. Also schlossen wir ausnahmsweise und gegen jede Regel verstoßend die Balkontür. Das störte Kalle aber herzlich wenig, da er mittlerweile damit beschäftigt war, Butterkekse aus der Packung zu ziehen und vom Tisch zu werfen, womit er auch Chico eine Freude machte.

Es war ganz schön aufregend, ein echtes Filmteam im Haus zu haben! Das fand Kalle auch und flog völlig aufgebracht ein paar Runden im Wohnzimmer, als das Team samt Kameras und sonstigem Filmzubehör den Raum betrat. Schließlich landete er auf der Vitrine und gab markerschütternde Alarmrufe von sich. Wir schoben das Team schnell wieder aus dem Wohnzimmer, womit wir ihnen angesichts des ohrenbetäubenden Geschreis sehr entgegenkamen.

Um den Stress für Kalle gering zu halten, teilten wir uns auf: Nick und ich wurden abwechselnd interviewt und zeigten ihnen im Schlafzimmer unsere Fotos, Tonbandaufnahmen und Amateurfilmchen, die sie begeistert vom Rechner abfilmten. Eine Kamerafrau setzte sich vorsichtig in das Wohnzimmer zu Kalle.

Er brauchte nicht lange, um sich an die neue Situation zu gewöhnen, im Gegenteil. Als er merkte, dass jetzt keiner mehr hastig aufspringt, um ihn davon abzuhalten, CDs vom Tisch zu schmeißen, wurde er immer mutiger und nutzte die Situation schamlos aus. Nick und ich zuckten jedes Mal zusammen, wenn es nebenan schepperte und klirrte. Hinterher sah das Wohnzimmer entsprechend aus – wie ein Wohnzimmer nun einmal aussieht, wenn ein frecher, wilder Eichelhäher darin gewütet hat.

Der Beitrag, der einige Tage später im NDR ausgestrahlt wurde, amüsierte uns sehr, wurde aber bei weitem nicht Kalles Repertoire an Eigenheiten gerecht.

Kalle hatte viele Flausen im Kopf. Auf seinen Streifzügen durch die Wohnung stellte er so manchen Blödsinn an. Zunächst dekorierte er das Wohnzimmer nach seinen Vorstellungen: hier wurde eine Münze unter den Teppich geschoben, da eine Kerze aus dem Kerzenständer herausgezerrt und eine Nuss hinein gesteckt. Eine andere Nuss quetschte er in die Ritzen der Fernseherlüftung. Danach flatterte er auf den Fenstersims, um friedlich einen Blumentopf mit Federn zu drapieren. Von dort ging es zum Regal, um CDs und andere Gegenstände hinunterzuschmeißen. Begeistert krähte er, wenn etwas mit lautem Scheppern zu Bruch ging. Selbstverständlich versteckte er die so gewonnenen, schnabelgerechten Einzelteile sorgfältig in der gesamten Wohnung.

Kalles Phantasie für Nussverstecke führte einmal zu einer netten Überraschung beim Einkaufen. Da wollte Nick gerade Kleingeld zum Bezahlen aus seinem Portemonnaie zücken und fand stattdessen Erdnüsse darin. Die Münzen fanden wir später unter dem Sofakissen.

Dann war das Badezimmer dran. Die Tampons machten ihm große Freude, da die Folie beim Reinbeißen so schön knackte. Noch mehr Freude machte es ihm, danach die Watte auseinander zu rupfen und in der Wohnung zu verteilen. Unter lautem Gezeter rettete ich die übrigen Tampons und versteckte sie, so dass er nicht mehr heran kam. Der Protest verebbte augenblicklich, als er die Wattestäbchen entdeckte, die einen passablen Ersatz darstellten.

Nach seiner kreativen Phase ruhte er sich auf der Schreibtischlampe aus und beobachtete mich bei der Arbeit. Wenn ihm die Tipperei auf die Nerven ging, sprang er behände auf die Tastatur und knappte, mich dabei zornig ansehend, in die Hand.

Pferde lehrten mich, im Falle eines Übergriffs ruhig zu bleiben, und mich so groß und standhaft wie möglich zu präsentieren. Also setzte ich mich zur Wehr, indem ich meine Hand so weit ich konnte spreizte. Das funktionierte tatsächlich! Beschwichtigend drehte er leise quäkend seinen Kopf zur Seite. Mutig schnappte ich mir die PC-Maus, um weiter zu arbeiten. Für diese Ungehörigkeit wurde ich aber prompt bestraft, indem er mir wieder in einen Finger biss, diesmal fester. Meine Abwehrgeste hatte dieses Mal leider nur zur Folge, dass er sich flatternd und sein „Komm mal her!“ zeternd vor mir aufbaute, um seinen Unmut über diese ganze Situation kundzutun.

So ein kleiner Vogel kann ganz schön beängstigend sein! Aber auch so ein wilder Vogel versteht, wenn er Grenzen überschreitet. Ein scharfes Nein und Ignorieren bewirkte, dass er, nicht ohne mich noch eine Zeit lang grimmig anzuschauen, schließlich den Terminkalender umblätterte und Büroklammern darin versteckte. Diese hatte er zuvor selbstverständlich aus meiner Ablage geklaut, wo sie bis dahin ihren Zweck erfüllten.

Der Schreibtisch war ein wichtiger Teil seines Reviers, das es zu verteidigen galt. Das zeigte er besonders deutlich, als ich einmal den Laptop anschaltete. Während des Hochfahrens bereitete ich mir noch schnell eine Tasse Tee in der Küche zu. Kalle war gerade draußen auf dem Balkon und vertrieb die Meisen, die ihm seine Nüsse streitig machen wollten. Plötzlich gab der Rechner einen ausgesprochen lauten und unangenehmen Ton von sich. Kalle sauste los, rein durch das geöffnete Schlafzimmerfenster, landete auf seiner Schreibtischlampe neben dem Rechner und schrie sein furchtbares Eichelhähergeschrei. Ich rannte hinterher, allerdings den Weg durch den Flur nehmend.

Ich musste mir die Ohren zuhalten, so schrill und laut war sein nicht enden wollendes Gekreische. Das ganze untermalt von dem unerträglich grellen und ebenfalls nicht enden wollenden, durchdringenden Geräusch des Rechners, der offensichtlich auf einen Fehler im System oder so etwas hinweisen sollte. Es fiel unter dem Gekreische und Gekeife äußerst schwer, mich zu konzentrieren, um schnell die Fehlerquelle zu finden. Ich kenne mich damit ohnehin in etwa so gut aus, wie Bill Gates mit Pferdeflüstern. Nach einer gefühlten halben Stunde reagierte der Rechner endlich und ich konnte ihn neu starten.

Ein Eichelhäher macht ja schon im Wald sehr erfolgreich durch seinen unüberhörbaren Lärm auf sich aufmerksam. Aber dieser schreiende Eichelhäher saß direkt neben meinem Ohr. Ich wurde noch bis zum Abend von einem permanenten Piepton im Ohr begleitet. Aber ich musste Kalle recht geben: da kann man sich schon mal aufregen, über so einen Rechner.

Unser Tagesablauf drehte sich zu dieser Zeit ganz selbstverständlich um Kalle. Er weckte uns morgens zwischen halb sechs und halb sieben. Ob wir dann noch etwas weiterdösen konnten oder sofort aufstehen mussten, war sehr vom Wetter abhängig. Kalle aus der Wohnung zu komplimentieren, ging nämlich sehr schnell, wenn die Sonne schien. Wenn es diesig war oder gar regnete, war es ein Akt der Überzeugung.

Tagsüber dominierte er mich dann entweder durch Abwesenheit oder durch seine Anwesenheit. Wollte ich autogenes Training machen und verbarrikadierte mich im Wohnzimmer, konnte ich so lange tiefenentspannt sein, bis der Herr draußen auf der Stange an der Voliere landete. Von dort aus konnte er bequem ins Wohnzimmer sehen und hatte alles im Blick. Sobald er mich entdeckte, klopfte er an die Scheibe und krächzte leise seinen typischen Aufmerksamkeitsruf.

Das ist ein forderndes, an Babygemecker erinnerndes, mit einer rabenkrächzigen Unternote versetztes, katzenähnliches „Miauääähg!“ Reagierte ich nicht, krächzte er immer aufdringlicher. Je länger ich brauchte, um darauf zu reagieren, um so lang gezogener, lauter und fordernder wurde es. Es machte dann auch keinen Sinn, mir zu autosuggerieren: „Es ist nur ein Geräusch, ich erlaube den Geräuschen da zu sein...“, da er als nächstes heftiger gegen die Scheibe klopfen würde. Oder gar penetrant, aber sehr geschickt – das muss man ihm lassen – gegen selbige fliegen würde. Er machte mit allen Mitteln, die ihm zur Verfügung standen, auf sich aufmerksam.

Wie sehr er uns im Griff hatte und die Entscheidung, was er tat oder unterließ, bei ihm lag, wurde am deutlichsten, wenn man die Wohnung verlassen wollte, und der Herr noch im Hause war. Es ist ja auch im Umgang mit Pferden und Hunden so: Wenn man es eilig hat, sollte man gar nicht erst irgendetwas mit den Tieren anfangen. Das Problem ist, dass es sich dann aber meist um Tätigkeiten handelt, die unbedingt getan werden müssen: das Pferd von der Weide holen, den Hund zu sich rufen etc.

Das Pferd, der Hund oder der Eichelhäher kriegen den Stress, den man hat, irgendwie mit. Ich will nicht so weit gehen zu unterstellen, dass das liebe Vieh den Menschen dann vorsätzlich ärgern will oder einem höheren Auftrag folgend, uns zu mehr Ruhe, Gelassenheit und Geduld anspornen will. Vielmehr zeigen wir in so einer Situation alle Anzeichen physiologischen Stresses, wie erhöhten Puls, Ausschüttung von Adrenalin, verzerrte, angespannte Muskulatur, besonders des Gesichts und hektische, schnelle Bewegungen, was die Tiere offensichtlich registrieren. Sie wiederum reagieren darauf mit Übersprunghandlungen oder Tätigkeiten, die aus Unsicherheit oder gar Angst entstehen.

Bei Kalle waren es mitnichten Übersprunghandlungen, die mich manchmal zum Wahnsinn trieben. Ich möchte bei ihm eine Ausnahme machen und ihm unterstellen, dass er mich vorsätzlich ärgerte.

Einmal versuchte ich, ihn mit einem lecker duftenden Stück frischen Käse aus der Wohnung zu locken. Und was machte er? Er hüpfte zielstrebig zur Fensterbank, zückte aus einem seiner Verstecke ein vertrocknetes Stück Käse hervor und verschlang es genüsslich. Dabei sah er mich an, als wollte er sagen: „Ätschibätsch, ich habe schon Käse, lass dir was Besseres einfallen!“ Das tat ich dann auch und holte den Staubsauger, den er gar nicht leiden konnte und tat so, als saugte ich das Wohnzimmer. Er guckte mich empört an, ließ ein paar Mal seinen Warnruf in Richtung Staubsauger ertönen und flog endlich hinaus. Mich ließ er mit einem leicht schlechten Gewissen zurück.

Kalle hat uns oft damit beeindruckt, wie gut er uns zu verstehen schien. Eines Nachmittags saßen wir gemeinsam im Wohnzimmer, als Kalle uns wieder einmal einen Besuch abstattete. Die Mehlwürmer waren gerade ausgegangen und Kalle sah uns gleichermaßen enttäuscht wie fordernd an. Also überlegten wir eine Alternative, wie wir ihn verwöhnen könnten. „Wir haben noch Erdbeeren übrig, vielleicht nimmt er die?“ Seine Reaktion darauf verblüffte uns: Kaum waren die Worte ausgesprochen, hüpfte Kalle zu dem Stapel Zeitschriften und zerrte eine mittlerweile vertrocknete Erdbeere aus seinem Versteck und sah uns verstohlen an.

Kalle verbrachte seine Tage entweder bei uns oder bei unseren Nachbarn. Von den meisten wurde er herzlich begrüßt und mit einer Leckerei verwöhnt. Er dankte es ihnen, indem er auch sie mit seinem Gequassel oder seinen Kaspereien unterhielt.

Pünktlich vor Sonnenuntergang kam er durch unsere Balkontür angesaust, um sich in seiner Schlafstelle einzurichten. Anfangs wählte er das Bücherregal im Flur dazu aus. Vermutlich fiel es ihm leichter, auf dem flachen Regalbrett zu schlafen, solange er seine lädierte Kralle noch nicht voll einsetzen konnte. Er kuschelte sich dann am liebsten an die Bücher mit den Titeln: „Abenteuer Menschlichkeit", „Ins Leben zurückgerufen" und „Ein Geschenk der Freundschaft". Als er später vollständig genesen war, bevorzugte er die Badezimmertür. Klar, dass die Tür dann nicht mehr geschlossen werden konnte. Das trug ungemein zur Intimisierung unserer Beziehung bei. Besuchern war das aber eher unangenehm.

Manchmal kam er schon einige Zeit vor seiner regulären Schlafenszeit nach Hause. Er hüpfte dann wie ein übermüdetes Kleinkind in der Wohnung herum. Geschäftig versteckte er hier und da Münzen, Büroklammern oder auch Papierfetzen, die er vorher fein säuberlich von einer Zeitschrift oder dem Telefonbuch abriss. Er begnügte sich jedoch nicht damit, seine Beute einfach nur irgendwo drunter zu schieben, unter die Blumenerde zu drücken oder zwischen Ritzen zu stecken. Er war erst zufrieden, wenn er sich vergewisserte, dass wir aus unserer Perspektive auch ja nichts von seiner Beute erkennen konnten. Dazu hüpfte er um sein Versteck herum, bis er es von unserem Blickwinkel aus betrachten konnte. Er prüfte noch mehrmals nach, indem er erst mit dem linken, dann mit dem rechten Auge sein Versteck inspizierte. Abschließend pickte er mit seinem Schnabel die Beute noch tiefer ins Versteck und schüttelte zufrieden sein Gefieder.

Hatte er alles erledigt, flog er auf die Stuhlkante, putzte sich ausgiebig und nahm einen Sekundenschlaf. Danach war er erst einmal wieder frisch und wach und flog noch einmal hinaus, um zum Beispiel Dude zu ärgern. Oder er stattete den Nachbarn, die noch auf ihren Balkonen oder Terrassen saßen, einen abendlichen Besuch ab. Schließlich startete er einen zweiten Anlauf zur Nachtruhe, flog zu seiner Wurmbox, um sich noch einige Würmer einzuverleiben und flatterte zielstrebig zu seiner Badezimmertür.

Eines Abends, wir schauten uns gerade einen Film an, saß Kalle ungewöhnlicherweise noch auf der Stuhllehne, als die Sonne schon längst untergegangen und es bereits dunkel war. Normalerweise hatte er schon längst auf seiner Badezimmertür schlafen müssen. Wir waren etwas irritiert. Er schlief auch noch nicht, sondern guckte uns einfach nur starr und grimmig an. „Na ja, vielleicht will er heute in unserer Nähe bleiben.“ Von wegen. Als er lange genug gewartet hatte, sprang er von der Stuhllehne auf den Boden und hüpfte durch den Flur in Richtung Badezimmer. Plötzlich hörten wir aufgeregtes Flügelflattern und einen dumpfen Aufprall. Wieder Flügelflattern, wieder einen Aufprall. Besorgt sprangen wir vom Sofa und rannten zum Bad, um ihm zu Hilfe zu kommen. Offensichtlich konnte er in der Dunkelheit nicht fliegen, weil er nicht genug sehen konnte. War ja auch irgendwie logisch und wir hätten wirklich früher drauf kommen können. Danach schalteten wir immer brav das Licht im Flur an, wenn Kalle seine abwartende Position auf der Stuhllehne einnahm und uns fordernd ansah. Kaum betätigten wir den Schalter, sauste er auch schon los.

Auf seiner Tür angekommen, plusterte er sich zu einer plüschigen Federkugel auf und machte einen recht zufriedenen und friedlichen Eindruck. Wenn wir uns jedoch erdreisteten, noch einmal an ihm vorbei ins Bad zu gehen, knappte er jedes Mal mit seinem Schnabel in unsere Richtung. Manchmal sprang uns der Satansbraten sogar auf den Kopf, um dort an unseren Haaren ziehend einen aufgebrachten Stepptanz zu vollführen. Nachdem er seine Empörung über diese Störung ausreichend kundgetan hatte, hüpfte er wieder auf die Tür, steckte den Schnabel in die Flügel und schlief sofort ein. Er hatte uns wirklich gut im Griff.

Bis in den Sommer hinein waren unsere Tage durch Kalle wohl strukturiert und an seinen Rhythmus angepasst. Daran änderte sich auch erst einmal nichts, als die fünf Eichelhäher zu uns kamen. Zunächst begutachtete er zwar etwas irritiert die kleinen Federknäuel in den Kartons, ließ sich durch sie aber nicht weiter beeindrucken.

Wie gewohnt ging er konzentriert und betriebsam seinen alltäglichen Aufräum- und Versteckaktionen nach, während der kleine Rocky ihn vom Kleiderschrank oder von Chicos Hundekorb aus, auf dem er am liebsten hockte, beobachtete. Kalle blieb von dem heranwachsenden Rocky weitgehend ungerührt.

Bis zu dem Tag, als ich die Voliere wieder ins Wohnzimmer stellte. Der Balkon heizte sich tagsüber mittlerweile derart auf, dass ich da keinen Vogel mehr einsperren konnte. Wenn ich einmal das Haus verlassen musste, hatte ich Rocky draußen in die Voliere gesperrt, damit er sich nicht langweilte und was zu gucken hatte.

Da ich Rocky nicht als Brathähnchen wieder auffinden wollte, stellte ich die Voliere also ins Wohnzimmer und setzte Rocky hinein, die Volierentür ließ ich weit geöffnet. Ich beobachtete gerade zufrieden, wie Rocky zunächst auf den Stangen herumhüpfte und sich dann zufrieden putzte, als Kalle auf dem Balkon landete und verstört auf die nun leere Stelle blickte, wo vorher die Voliere stand. Dann entdeckte er seine Voliere im Wohnzimmer und setzte zum Flug an.

Er wollte gerade geschickt durch die Volierentür schweben, als er völlig entsetzt den halbstarken Rocky darin erblickte. Er wendete abrupt ab, dabei seinen lauten Warnruf von sich gebend und sauste wieder zur Balkontür hinaus. Ich hörte ihn noch eine ganze Weile draußen schreien und schimpfen.

Draußen

Was es ist
Es ist Unsinn
sagt die Vernunft
Es ist was es ist
sagt die Liebe

Es ist Unglück
sagt die Berechnung
Es ist nichts als Schmerz
sagt die Angst
Es ist aussichtslos
sagt die Einsicht
Es ist was es ist
sagt die Liebe

Es ist lächerlich
sagt der Stolz
Es ist leichtsinnig
sagt die Vorsicht
Es ist unmöglich
sagt die Erfahrung
Es ist was es ist
sagt die Liebe
(Erich Fried, 1921-1988)

Kalle ist seitdem nicht mehr zurück gekommen. Gelegentlich höre ich ihn seine Lieder ganz in der Nähe pfeifen. Vielleicht ist die Balkontür immer gerade dann zu, wenn er kommen möchte. Vielleicht war aber auch der Schreck, Rocky in seiner Voliere zu sehen, zu viel für ihn. Vielleicht fühlt er sich durch Rocky, der jetzt langsam erwachsen wird, vertrieben.

Rocky sperrt immer seltener und legt immer mehr seine Kindheit ab. Seine sanften, runden blauen Augen weichen stetig einem ernsten und wilden Raubvogelblick. Seit neuestem erforscht er die Wohnung neugierig und noch etwas unsicher auf den Beinen, pickt mit seinem

Schnabel hierhin und dorthin und erkundet so seine kleine neue Welt.

Er hat angefangen, Dinge zu verstecken. Unbeholfen und mehrere Versuche benötigend, nimmt Rocky eine Büroklammer von der Ablage, hüpft zum Terminkalender und steckt das glänzende Teil unter eine Seite, wie er es sich bei Kalle abguckte. Der Kuli ist aber noch zu schwer für ihn. Also begnügt er sich damit, diesen vom Tisch zu zerren, schnell an die Kante vom Schreibtisch zu hüpfen und zu beobachten, wie der Stift auf den Boden knallt.

Eichelhäher haben ein ausgeprägtes dreidimensionales Vorstellungsvermögen und sind zu bemerkenswerten Denkprozessen befähigt.

Eines Morgens komplimentierten wir Kalle aus dem Schlafzimmerfenster hinaus, nachdem er uns schon eine ganze Weile mit seiner Zerstörungswut auf die Nerven ging. Kaum schlossen wir das Fenster hinter ihm, flog er zielstrebig über das Dach und kam durch die Balkontür auf der anderen Seite des Hauses wieder hinein gesaust, um uns weiter zu schikanieren.

Sein Abstraktionsvermögen und Transferdenken stellte Kalle mit Hilfe einer Schublade unter Beweis: Nick öffnete einmal zufällig in Kalles Gegenwart eine quietschende Schublade, um frische Socken heraus zu nehmen. Kalle kam begeistert angeflogen, und machte das Quietschen exakt nach. Das beeindruckte uns schon, zumal er dieses Geräusch gerade das erste Mal in seinem Leben gehört hatte. Nick und Kalle gaben sich noch eine Weile ein Quietschduett: Nick öffnete die Schublade, sie quietschte, Kalle antwortete. Dann deutete Nick das Öffnen der Schublade nur an, ohne sie wirklich zu öffnen. Kalle quietschte trotzdem. Nick ging daraufhin zu einem anderen Schrank und Kalle flog ihm neugierig hinterher. Mit schief gehaltenem Kopf sah er zu, wie Nick eine nicht quietschende Schublade öffnete. Kalle quietschte. Kalle quietschte seitdem immer, wenn wir eine Schublade öffneten.

Rocky soll auch so schlau werden, also spiele ich das Klorollenspiel mit ihm, das auch Kalle gerne spielte. Dazu halte ich ihm einen Mehlwurm vor den Schnabel und lasse diesen in der Klorolle verschwinden. Zunächst äugt Rocky von oben in die Rolle hinein, dann umrundet er sie, dabei den Boden nach Öffnungen absuchend. Schließlich greift er die Rolle mit dem Schnabel, hebt sie hoch und legt sie zur Seite, um sich die Leckerei zu schnappen.

Schwieriger wird es mit einer Streichholzschachtel. Kalle war Profi darin. Er tippelte schon ungeduldig hin und her, wenn wir eine Nuss in die Schachtel steckten und diese zuschoben. Wenn er dann endlich die Schachtel bekam, packte er eine Seite mit der Kralle und zog zielstrebig die innere Schachtel mit dem Schnabel heraus, um endlich an das Futter zu gelangen.

Solche Übungen sind in dieser Form sicher nicht in der Welt da draußen zu finden. Aber das Gehirn wird auf diese Weise trainiert, das Lernen gelernt und Denkprozesse angestoßen.

Natürlich wird auch Chico in Rockys Exploration seiner Umwelt mit einbezogen. Während der gute, alte Kerl friedlich vor sich hindöst, schleicht Rocky sich vorsichtig an und knappt dann blitzschnell in die langen Haare von Chicos Rute.

Rocky liebt es, in lange Haare zu knappen und daran zu ziehen. Meine Haare mussten auch schon herhalten. Kinder machen das ebenfalls gerne. Ich liebe es, wenn meine Nichten und Neffen mit ihren kleinen Michelin-Händchen in meinen Haaren herum wurschteln.

Chico ist von Rockys Scherzen zwar nicht sehr begeistert. Aber es stört ihn auch nicht sehr, zumal er das schon von Frankie und Kalle kennt. Gelassen wedelt er, weiterhin platt wie eine Flunder auf dem Boden ausgestreckt und sich möglichst wenig bewegend, einmal mit dem Schwanz. Das animiert Rocky erst recht, weiter nach den goldenen Haaren zu schnappen. Wenn dem gutmütigen Chico das Spiel zu bunt wird, steht er bedächtig auf und trottet gemächlich in ein anderes Zimmer, nicht ohne sich noch einmal mit der Miene eines strengen Oberstudienrates nach Rocky, dem Störenfried, umzublicken.

Rockys Erkundungstouren werden nur gelegentlich unterbrochen, wenn er kacken muss. Zu meiner großen

Belustigung hat er sich ein sehr amüsantes Ritual angewöhnt. Als er sein erstes Geschäft direkt hinter sich auf den Fußboden gemacht hatte und nicht wie sonst einfach die Stange herunter, erschrak er sich fürchterlich. Er sprang verstört einen Satz zur Seite und betrachtete eingehend das schwarzweiße Häufchen, das eben noch nicht da gewesen war. Dieser Vorgang fasziniert ihn immer noch. Jedes Mal wenn er ein Häuflein absetzt, schaut er, seinen Kopf zwischen die Beine nehmend, nach hinten, um sein Werk eine Weile zu betrachten.

Rocky übt fleißig Fliegen und wird auch immer sicherer. Die Flugmöglichkeiten, die eine Drei-Zimmer-Wohnung bietet, sind jedoch nicht mit den Möglichkeiten draußen vergleichbar. Aber ich gebe mein Bestes, ihn in seiner Entwicklung zu unterstützen. Ich setze mich oft zu ihm auf den Boden und halte ihm meine Hand hin. Er hüpft dann darauf, klettert über meinen Arm auf die Schulter und setzt von dort aus zum Flug auf das circa einen Meter entfernte Sofa an. Dort landet er dann eher auf dem Schnabel als auf den Beinen.

Vom Boden aus zu starten ist offensichtlich noch zu schwierig. Aber er gibt auch nach mehreren Versuchen nicht auf, es ohne meine Hilfe zu probieren. Immer wieder blickt er aufgeregt nach oben zum Sofa. Wenn er könnte, würde er sicher auch konzentriert und angestrengt mit der Zunge über die Lippen lecken. Dann geht er in die Knie, breitet die Flügel aus und wackelt von einem Bein auf das andere. Und hebt dann ab. Um gleich wieder auf dem Boden zu landen.

Doch Rocky gibt nicht so schnell auf. Er versucht es immer wieder. Schließlich schafft er es, so hoch zu flattern, dass er, die Krallen wie einen Eispickel in den Stoff hakend, auf das Sofa hinauf kraxeln kann. Stolz setzt er sich auf die Armlehne und putzt sich ausgiebig.

Nach diesem holprigen Start gewinnt er zunehmend an Mut und probiert immer größere Strecken. Zum Beispiel die anderthalb Meter vom Sofa zur Stange die vor der Voliere angebracht ist. Oder vom Boden aus auf den Wohnzimmertisch. Aber mehr als geradeaus ist er bislang noch nicht geflogen.

Es stehen wieder Flugversuche im Schlafzimmer an, das sich durch den weichen Teppich und das Bett bei Bruchlandungen bewährt hat. Überdies sind dort Rollos vor den Fenstern, so dass Rocky nicht Gefahr läuft, vor die Scheiben zu prallen.

Ich öffne die Volierentür im Wohnzimmer und halte meine Hand hinein, damit er hinauf springen kann. Dann trage ich ihn, der voller Erwartungen auf die neuen Abenteuer aufgeregt hin und her schaut, in Richtung Schlafzimmer. Noch im Flur startet er plötzlich und saust eine ordentliche Rechtskurve beschreibend ins Schlafzimmer. Ich renne schnell hinterher und kann gerade noch zusehen, wie er, ohne auf dem Schnabel zu landen, sicher auf dem Schreibtisch ankommt! Er reckt stolz die Brust, sieht mich an, krächzt fast schon hochmütig und springt selbstbewusst auf die Lampe, auf der auch Kalle immer sitzt und beginnt sich ausgiebig zu putzen. Ein großer Schritt hin zur Freiheit!

Aber noch tut er sich schwer damit, selbständig nach Futter zu suchen. Also üben wir auch das fleißig zusammen. Allerdings nicht mehr im Garten, da er schon zu flink geworden ist. Bei unserem letzten Ausflug im Garten musste ich ihm durch die Büsche hinterher kraxeln, um ihn wieder einsammeln. Es ist definitiv noch zu früh, ihn sich selbst zu überlassen.

Also mache ich mich alleine im Garten, auf den Spaziergängen mit Chico oder auch beim Ausreiten auf die mühselige Jagd nach Insekten. Zurück im heimischen Wohnzimmer motiviere ich Rocky, die von mir erbeuteten Heuschrecken, Motten und Asseln selbständig einzufangen, zu töten und auch zu fressen.

Vor der ersten Heuschrecke hüpft Rocky noch erschrocken weg, versucht es aber gleich, seinem Jagdinstinkt folgend, erneut. Sein Schnabel schnellt nach vorne und packt das Insekt. Rocky schüttelt ein paar Mal wie ein Hund seine Beute mit heftigen Kopfbewegungen und schluckt würgend seine erste, selbständig gefangene Heuschrecke hinunter.

Bei diesen Jagdübungen verbraucht er vermutlich mehr Energie als er zu sich nimmt. Also bekommt er noch ein paar Mehlwürmer als Sattmacher hinterher und ein Stück Melone zum Nachtisch. Er liebt Wassermelone.

So manche Heuschrecke muss ich zwar selber unterm Sofa, unter oder auf dem Bett oder sonst wo in der Wohnung wieder einfangen. Aber mit jedem Jagdversuch wird er mutiger, sicherer, schneller und stärker. Inzwischen packt er blitzschnell zu, wenn die Heuschrecke gerade in Begriff ist, wegzuhüpfen, knackt einmal fest mit dem Schnabel und wirft sich die tote Beute elegant in den Schnabel. Schlucken, Schnabelwetzen, erwartungsvoller Blick nach mehr.

„Gut. Jagen kann er also inzwischen auch“, stelle ich stolz fest und kann nicht umhin, mir vorzustellen, dass sich so eine Mutter fühlen muss, wenn ihr Kind etwas Neues gelernt hat. Rocky ist aber trotzdem noch nicht so weit. Ein paar Tage braucht er sicher noch. „Bald lasse ich dich raus auf den Balkon und du kannst selber entscheiden, ob du so weit bist, kleiner Rocky. Einverstanden?“ Dass er grundsätzlich einverstanden ist, sollte ich sehr bald erleben.

Kalle ist wieder da. Nachdem er sich einige Tage nicht hatte blicken lassen, kommt er nun als wäre nichts gewesen, in das Wohnzimmer gesaust und hüpft erst einmal eine ganze Weile zusammen mit Rocky durch die Wohnung. Sie verwüsten zusammen den Schreibtisch und verstecken Nüsse, Münzen und Büroklammern. Anschließend halten sie gemeinsam ein Nickerchen. Rocky auf der Kante von Chicos Hundekorb, in dem Chico auch gerade schläft und Kalle auf der Schreibtischlampe.

Nach kurzer Zeit sind sie wieder wach und hüpfen auf dem Schlafzimmerboden umeinander herum. Vielmehr beäugt Kalle Rocky argwöhnisch und ist permanent darauf bedacht, genügend Abstand einzuhalten. Rocky scheint Kalle jedoch sehr spannend zu finden und versucht immer wieder, zu seinem großen Idol hinzuhüpfen. Daraufhin macht Kalle leicht verärgert einen Satz zur Seite. Sie sehen aus wie zwei gleich gepolte Magneten, die sich immer wieder abstoßen.

Sie vollführen noch eine ganze Weile ihren eigentümlich anmutenden Tanz, bis sie erschöpft und hungrig

Futter einfordern. Offensichtlich hat Kalle entschieden, heute wieder hier zu übernachten und wählt den Kleiderschrank als Schlafplatz. Rockys bevorzugter Ort für die Nachtruhe ist weiterhin die Voliere. Seit er nicht mehr bruchlandungsgefährdet ist, lasse ich auch nachts die Volierentüren offen, damit er morgens selber entscheiden kann, ob er darin bleiben möchte oder nicht.

Um kurz vor sieben in der Früh öffne ich das Küchenfenster, damit Kalle hinaus fliegen kann. Er hat bereits seine morgendlichen Geschäfte erledigt: einen riesigen Haufen auf den Schreibtisch setzen, Büroklammern sortieren und sich auf der Schreibtischlampe ausgiebig putzen. Den Schreibtisch hinterlässt er chaotischer als sonst und übersät von Daunen und Federn, da die Mauser gerade beginnt.

In der Küche fordert er zunächst sein Frühstück ein und sitzt noch eine Weile auf dem Sims, so dass ich das Fenster noch nicht wieder schließen kann. Gedankenverloren und auch noch etwas müde verliere ich mich in seinen Anblick. Ob er nicht doch ein Weibchen ist, so schön, wie er gerade aussieht? Aber auch Männer können ja schön aussehen. Jude Law, Brad Pitt und wie sie alle heißen. Und Nick.

Derart in Gedanken versunken höre ich aus dem Wohnzimmer knisternde Geräusche. Rocky scheint jetzt auch wach zu sein und sich zu strecken und zu putzen. Ich denke mir nichts weiter dabei, zumal Rocky uns von dort aus nicht sehen kann. Auch nicht das sperrangelweit geöffnete Fenster.

Und dann geht alles sehr schnell. Während ich weiterhin Kalles seidiges Gefieder bewundere, startet Rocky vom Wohnzimmer aus, fliegt quer durch den Flur in die Küche und saust an uns vorbei auf die Birke gegenüber. Kalle und ich sehen Rocky verdattert nach.

„Wow! Das war dein bester Flug bisher!“, gratuliere ich ihm stolz. Dann erst wird mir die Tragweite der Aktion bewusst. „Oh nein! Du bist doch noch gar nicht so weit!“

Da sitzt er nun, nur wenige Meter von mir entfernt und doch unerreichbar. Neugierig knabbert er an der Rinde. Zwischendurch schaut er zu mir und Kalle herüber. Kalle verliert nach einer Weile das Interesse. Er flattert auf die Küchentür, von dort ins Wohnzimmer, um noch ein wenig Unfug zu treiben und schließlich zur Balkontür hinaus.

Eine gefühlte Ewigkeit lang starre ich zu Rocky hinüber. Aber nach und nach entfernt er sich, die bis dahin unbekannte Freiheit entdeckend. Schließlich kann ich ihn nicht mehr zwischen dem dichten Blätterwerk erkennen.

Unvermittelt stürzt eine ganze Flut von Gedanken auf mich nieder. Ich fühle mich hilflos, weil ich ihn jetzt nicht mehr unterstützen kann. Mir bleibt nur, ihm Glück zu wünschen. Mehr Glück, als Kalle hatte. Obwohl er es ja schließlich auch geschafft hat, versuche ich mich zu trösten.

Wird Rocky alleine klar kommen? Werden ihm die anderen alles zeigen und lehren, was er wissen muss? Was wird er tun, wenn er Hunger hat? Wird er dann nach mir rufen? Aber wie soll ich ihn denn dann füttern? Wird er dann lange warten und rufen? Vermutlich solange, bis der Hunger zu groß wird. Dann wird er gezwungen sein, zu handeln. Er wird sich eigenständig auf die Suche nach Futter machen müssen. Wird er sich dann auf die Suche nach mir machen? Nach den Orten, die er kennt? Dem Balkon, dem Garten, dem Wäscheständer? Nach den Plätzen, wo wir zusammen nach Insekten suchten? Wird er Ausschau halten nach der Voliere, in der er immer Melone, Mehlwürmer, Nüsse und Wasser fand?

Ich stelle die Voliere vorsichtshalber wieder auf den Balkon, damit er sie schon von weitem erkennen kann, falls er in der Nähe ist. Falls er in der Nähe bleibt. Falls er zufällig einen der anderen Eichelhäher, Kalle, Dude, Jay oder die Kleinen beobachtet, wie sie auf unserem Balkon nach Futter suchen. Vielleicht tut er es ihnen dann gleich.

In den letzten Tagen verdrängte ich das Unausweichliche. Ich spürte sehr wohl den stetig näher rückenden Zeitpunkt. Mal wurde mir wehmütig bewusst, dass ich ihn bald in die Freiheit entlassen musste. Ich machte mir dann Sorgen und bezweifelte, dass er es bereits alleine schaffen könnte. Dann wieder wunderte ich mich, dass ich ihn nicht schon längst frei gelassen hatte, da er sich doch so prächtig entwickelte.

Ich spürte seine Sehnsucht nach Freiheit. Er war sich dem sicher nicht bewusst und schon gar nicht hätte er sein Befinden benennen können. Aber er saß in letzter Zeit sehr oft geradezu melancholisch vor dem Fenster, starrte hinaus und beobachtete die anderen Eichelhäher. Besonders abends, wenn sich die Familie von Dude und Jay lautstark zur Nachtruhe auf dem riesigen Walnussbaum im Garten gegenüber unseres Balkons versammelten, schien ihn eine Aura der Sehnsucht zu umgeben. Ein unbekanntes Gefühl, etwas wurde in ihm geweckt, was er nicht begreifen, nicht einordnen konnte, weil es neu und fremd war.

Jetzt bin ich allein mit meinen gemischten Gefühlen. Ich freue mich für ihn angesichts des Abenteuers und der Freiheit, die er nun erleben darf. Gleichzeitig bange ich um ihn.

Draußen ertönt gerade eine motorisierte Heckenschere, vor der er gestern noch Angst hatte. Er duckte sich ängstlich auf seiner Stange in der Voliere und schaute sehr gequält drein, als das Gerät beim Starten aufheulte. Ich schloss daraufhin die Balkontür, so dass das Geräusch nur noch gedämpft zu hören war.

Was er jetzt wohl tut? Duckt er sich auf dem Ast oder wo immer er gerade sitzt? Oder fliegt er aufgeregt weg, an einen Ort, an dem die Heckenschere nicht so laut und bedrohlich ist?

Hat er schon einen der anderen Häher erspäht? Oder bekommt er langsam Hunger und ruft mit seinem leisen, etwas leidend klingenden Rufton nach mir, an den ich mich so gewöhnt habe? Hat er noch Spaß am Erkunden oder überkommt ihn mittlerweile ein Gefühl der Einsamkeit?

Ein Teil von mir bezichtigt mich streng einer übertriebenen Sentimentalität. Ein anderer Teil tröstet mich sanft: „Du hast dein Bestes gegeben. Lass ihn jetzt los. Es liegt nicht mehr in deinen Händen. Rocky schafft das schon. Und wenn nicht, dann sollte es nicht sein. Dann würde er trotzdem ein aufregendes, abenteuerliches, wenn auch viel zu kurzes Leben gehabt haben.“ Ja, das weiß ich. Trotzdem sind da diese gemischten Gefühle, die benannt und eingeordnet werden möchten. Denn sie beziehen sich zwar in erster Linie, aber nicht ausschließlich auf Rockys bevorstehenden Kampf, in dieser Welt zu bestehen.

So wie Kalle vermutlich vergangenes Jahr empfand, fühlt Rocky sich jetzt bestimmt auch: als würde er sich in einer Welt bewegen, die sich immer weiter auszudehnen scheint. Er weiß selbst nichts von der Größe und Weite. Ist einfach dort, wo er ist und versucht klar zu kommen.

Verirrt sich vielleicht, findet den Balkon nicht wieder und entdeckt, dass es noch andere Balkone gibt. Stellt fest, dass es freundlich gesinnte Menschen gibt, die einen Leckerbissen bereit halten. Erkennt, dass es weniger freundlich gesinnte Menschen gibt, die mit einem Handtuch nach ihm schlagen. Er lernt zu unterscheiden und passt sich an.

Bei dem einen möchte er gerne einfach nur dabei sitzen. Den anderen ärgert er, indem er demjenigen mit dem Schnabel nach ihm schnappend, knapp über den Kopf fliegt. Einfach, weil er Spaß daran hat, diesen Menschen zu ärgern und ihm Angst einzujagen. Er lernt, dass er ein so viel größeres Wesen mit seinem Geschrei beeindrucken kann. Lernt zu unterscheiden, wann man sich lieber zurückzieht und mit wem man es besser nicht aufnimmt.

Kleiner Rocky, ich wünschte, ich könnte etwas für dich tun. Aber du bist jetzt ganz auf dich alleine gestellt und musst alleine die richtigen Entscheidungen treffen. Musst dich beharrlich an die anderen hängen und von ihnen lernen. Hartnäckig sein, auch wenn sie dich vielleicht immer wieder vertreiben oder dich ignorieren oder nicht willkommen heißen. Dann musst du trotzdem dran bleiben.

Du musst, wenn du Hunger hast, selber für dich sorgen und das Wenige, das ich dir zeigen konnte, verbessern und perfektionieren. Vielleicht kannst du aber endlich das tun, wonach du dich hier allabendlich gesehnt hattest? Abends, wenn die Zeit der Versammlung ist, kannst du dich zu den anderen setzen und in ihrer Gemeinschaft einen sicheren, geselligen Eichelhäherschlaf finden.

Es tut weh, nicht zu wissen, ob es gut aus gehen wird. Nicht zu wissen, ob er klar kommen wird. Nicht zu wissen, ob er zufrieden ist und Spaß hat, ob er sich vielleicht fürchtet, unsicher ist und sich nach Gesellschaft sehnt. Nicht zu wissen, ob er Hunger hat und es vielleicht doch nicht alleine schafft, seinen Hunger zu stillen und langsam krank und schwächer wird, um dann elendig zu sterben.

Ich wünschte ich wäre Gott, dann könnte ich das alles beeinflussen. Könnte ihn sehen und ihm helfen und ihm beistehen. Ihm alles geben, was er braucht. Ihm alles in den Weg legen, dann bräuchte er nur noch zuzugreifen. Wäre ich Gott, dann würde ich sowieso eine Welt schaffen, in der keiner den anderen umbringen muss, um etwas zu fressen zu bekommen. Dann würden alle von Luft und Liebe alleine leben können. Vermutlich würde es dann gar keine Menschen geben. Höchstens, um das, was auf der Erde tummelt, zu benennen und sich daran zu erfreuen. Vielleicht gibt es bereits in einem Paralleluniversum eine Welt, in der einfach nur gelebt wird um des Lebens willen. Wo der Sinn einfach darin liegt, zu sein. Ohne Kampf und Tod und Schmerz.

Man müsse erst leiden, um Glück erkennen, erst Schmerzen erfahren, um heil sein zu können. So ein Schwachsinn. Man sollte kein Leid brauchen. Man sollte sich einfach nur freuen können. Ohne Relation. Man sollte keinen Vergleich zu Freude brauchen, um sich dieses Gefühls bewusst zu sein. Das Gefühl der Freude sollte auch in seiner absoluten Form Geltung haben. Und man sollte keine Schmerzen brauchen, um sich seines Körpers bewusst zu werden.

Man sollte einfach seinen Körper benutzen dürfen. Ohne permanent dankbar sein zu müssen, dass alles funktioniert. Der Wert eines gesunden Körpers sollte allein darin liegen, dass er seine Funktionen ausübt. Ohne, dass man sich dem bewusst sein muss. Das sollte seine Aufgabe sein.

Nicht, durch Schmerzen die Aufmerksamkeit zum Beispiel auf den Rücken zu lenken. Um sich des Rückens bewusst zu werden. Um irgendwann an den Punkt zu kommen, dass der Rücken nicht nur Rücken, sondern auch Symbol für Standhaftigkeit, Rückgrat und Belastbarkeit ist. Er sollte einfach nur Rücken sein. Mit einer Wirbelsäule und Muskeln, die die Extremitäten zusammen halten, die einen beweglich und anpassungsfähig machen.

Dazu brauche ich keine Schmerzen. Das erscheint mir alles wie eine einzige Farce. Dieses ganze Sein. Der Sinn, die Suche. Glaube und Ratio. Frieden und Krieg. Der Weg und das Ziel. Hoffnung und Trauer. Aufstehen und Scheitern. Alles völlig überflüssiger Kram. Wer hat sich das nur ausgedacht?

Ich muss dringend irgendetwas tun, um mich aus meinem negativen Gedankenstrom zu reißen. Irgendetwas nützliches, z.B. Emails checken. Aber ich schaffe es nicht, mich auf das Beantworten der Emails zu konzentrieren. Minutenlang starre ich stumpf auf den Bildschirm.

Mir ist, als würde meine negative Aura wie ein gewaltiger Sog alles um mich herum mit in die Tiefe reißen. Als würde mir jemand aus dem virtuellen Netz etwas zu raunen, eine Botschaft: „Flüchte nicht nach außen, blicke nach innen!“

Dieses virtuelle Netz. Symbolik des kommunikativen Zeitalters. Kabellose, materiefreie Verbindung. Globalisierung, die Welt wird kleiner, alles wird schneller. Dabei entfernt man sich immer mehr und kommt kaum hinterher.

Bleibt doch einfach mal stehen! Schaut euch doch mal um! All ihr Suchenden, ihr Gläubigen, ihr Wissenschaftler, ihr Männer und Frauen, die ihr euch hinter eurer Geschäftigkeit versteckt und letztlich doch nur euren Kopf in den Sand steckt. Ihr, die ihr so geschäftig von einem Ort zum anderen hetzt, um irgendwelche Dinge zu bewirken, um irgendwelche Worte zu verkünden. Worte, die so leer sind wie die Taten, die dabei herauskommen. Die Umwelt als Spiegel.

Mein Nacken droht wieder steif und fest zu werden von der Schwere und Masse verdrießlicher Gedanken.

Vertrauen

Pferde besitzen Hufe,
die sie über Frost und Schnee tragen
und ein Fell,
das sie vor Wind und Kälte schützt.
Sie fressen Gras und trinken Wasser,
und sie richten ihren Schweif auf, wenn sie galoppieren.
wenn sie vergnüg sind,
reiben sie sich gegenseitig die Hälse.
Sind sie zornig,
machen sie kehrt und schlagen ihre Hufe gegeneinander.
Das ist das wahre Wesen der Pferde!
(Tschuang-tse, 365-290 v. Chr.)

Ich halte das nicht mehr aus. Nicht zu wissen, wie es Rocky geht und ob er es schafft oder nicht und all diese Gedanken, die ich nicht abstellen kann, machen mich wahnsinnig.

Wäre Nick jetzt da, würde er mich trösten und mir Mut machen: „Rocky packt das schon!" Aber er ist nicht da. Wieder einmal verabschiedet sich ein Vogel in seiner Abwesenheit. Ich schnappe mir Chico und suche mein Heil bei den Pferden, nicht ohne vor dem Verlassen der Wohnung eine Nuss und ein Stück Käse in den Futternapf zu legen und ein Stückchen Melone zwischen zwei Gitter der Voliere zu stecken.

Amira und Sulamin wiehern mich erwartungsvoll an. Der unverwechselbare, durchdringende und fordernde Ruf von Sulamin lässt mein Herz hüpfen. Es wird ganz weich und groß, die Blockaden beginnen zu bröckeln.

Ich ziehe Amira ein Halfter über. Sulamin steckt seinen Kopf von selbst in das zaumlose Reithalfter. Dann ziehen wir Vier los. Ich führe die Pferde bis zu der Holzbank, von der ich bequem aufsteigen kann. Sulamin bemerkt, dass er noch zu weit weg steht und stellt sich näher an die Bank, so dass ich nun bequem auf seinen Rücken gleiten kann. Dankbar für sein Entgegenkommen, streichele ich seinen Hals.

Ich lasse mich von meinem Schimmel tragen, begleitet von Amira, die zusammen mit Chico frei hinterher trottet. Es überkommt mich plötzlich ein übermächtiges Gefühl nach Freiheit. Ich will das Gefühl der Freiheit auskosten, so wie Rocky heute Morgen. Ich streife Sulamin das Halfter von seinem Kopf. Da sitze ich nun auf ihm. Auf einem völlig freien Pferd, ohnehin kein Sattel, der Halt bietet. Jetzt auch keine Zügel mehr, die Sicherheit bieten. Ich bin völlig angewiesen auf das Vertrauen, dass ich zu ihm habe.

Ich will es wissen, also lasse ich ihn antraben. Seine Ohren sind aufmerksam zu mir nach hinten gerichtet. Amira holt uns bereits ein. Das lässt sich steigern. Ich schnalze mit der Zunge und Sulamin galoppiert an, Amira ebenfalls. Chico rennt vor Freude bellend hinter her.

Es ist ein gewaltiges, kaum in Worte zu fassendes Gefühl. Es ist die Krönung. Würde ich jetzt sterben, wäre es in Ordnung. Welch ein erhebendes, befreiendes Gefühl, auf dem Rücken dieses temperamentvollen Arabers sitzen zu dürfen! Sein Schweif aufgestellt, seine spitzen Ohren zu mir nach hinten gerichtet, seine Mähne wild wehend.

Diese Verbundenheit mit meiner kleinen, bunten Herde. Völlig frei und ungezwungen am See entlang zu galoppieren, ohne irgendeine Verbindung außer eines unsichtbaren, unbegreiflichen Zusammenhalts – es kann davon unmöglich eine Steigerung geben. Das ist der Höhepunkt meines bisherigen Lebens.

Das Glück ist vollständig, als ich nur laut hörbar ausatmen muss, um Sulamin aus dem Galopp anzuhalten. Lebhaft schlenkert er mit seinem Kopf und prustet wild mit weit geöffneten Nüstern. Amira hält direkt neben uns und legt ihren Kopf auf meinen Oberschenkel. Chico lächelt zufrieden zu mir herauf. Hin und wieder dreht Sulamin seinen Kopf zu mir nach hinten, um an meinem Schuh zu knabbern. Ich streichele Amiras dichte, schwarze Mähne, kraule Sulamins Widerrist, während Chico geduldig wartet, bis es weiter geht.

Ich genieße noch für eine Weile unsere Verbundenheit, lasse mich noch eine Weile einfach nur tragen, bevor ich Sulamin wieder in das Halfter schlüpfen lasse.

Ich fühle mich gut. Richtig gut. Frei und zufrieden. Ich empfinde, was Marion C. Garetty empfunden haben musste, als sie ihren Gedanken 1917 festhielt:

Geliebt zu werden von einem Pferd oder von einem anderen Tier sollte uns mit Ehrfurcht erfüllen – denn verdient haben wir es nicht.

Ich erfreue mich an den neun Störchen, die geduldig auf der gemähten Wiese nach einem Leckerbissen spähen. Ich bin entzückt von den Binsen, die schwungvoll ihre Blätterspitzen in den See ragen und ihrem leicht welligen Spiegelbild die Hände zu reichen scheinen. Ich fühle mich für einen Augenblick eins mit der Natur, den Tieren, den Pflanzen.

Bis wir an der Furt ankommen, wo sich oftmals Angler, Badende oder Segler tummeln. Auch jetzt liegen dort einige, die es in die Natur zu ziehen scheint und liegen in der Sonne oder planschen am Ufer.

Von wegen Sinn für Ruhe und Natur. Lautstark dröhnt unangenehme Musik aus einem billigen Radio. Sie hinterlassen Scherben, Dreck und Unrat. Kondome, die an einen Liebesakt erinnern, der keine Liebe in sich trug. Bierflaschen, die an eine Feier erinnern, die in einem Trinkgelage ausartete. Kürzlich endete eine solche Sauforgie damit, dass ein Krankenwagen frühmorgens einen sturzbesoffenen Jugendlichen am See aufsammeln musste.

Dann bleibt lieber gleich in der Stadt, wenn ihr doch nur in die Natur kommt, um auch diese zu verschandeln, zu vergewaltigen und das letzte Fleckchen Ruhe zunichte zu machen. Da fahren sie mit ihrem aufgemotzten Auto grölend an mir und meinem aufschreckenden Pferd vorbei. „Hey, willst mich nicht auch mal reiten?“ Wie gerne würde ich jetzt Sulamin vor das Auto springen lassen und sie so zum Anhalten zwingen. Wie gerne würde ich dann diesen Kerl, der es offensichtlich so nötig hat, aus dem Auto zerren und ihm eine verpassen. Ihm in seinen falsch gepolten Schritt treten. Um ihn dann, wenn er winselnd am Boden liegt, zu fragen, ob er immer noch wünscht von mir geritten zu werden.

Ich wähle stattdessen die Strategie der Ignoranz, meide die Straße und reite durch den See. Dort treffe ich auf vier Jungs um die zehn Jahre alt, die mich an Stephen Kings „Stand by me“ erinnern. Eine fröhliche Bande, die ihre Freizeit angelnd am See verbringt. Ihre Fahrräder haben sie nachlässig ans Ufer geschmissen. Die Angelruten ragen herrenlos ins Wasser und warten darauf, dass ein Fisch anbeißt, während die Jungs Sandburgen bauen. Unbekümmert, sorgenfrei.

Sie erblicken mich und meine Eskorte. Ungefragt ziehen sie aufmerksam die Angelschnur ein, damit ich mit meinen Pferden vorbei reiten kann. Höflich fragen sie, ob sie die Pferde streicheln dürfen. Natürlich dürfen sie.

Werden sie später zu denen gehören, die achtsam und rücksichtsvoll ihren Müll aufsammeln und sich an der Natur erfreuen? Oder werden sie auch später mit ihrer ersten Freundin hier liegen und die Kondome rücksichtslos liegen lassen? Oder Bierflaschen in den See werfen, einfach nur so aus Spaß, vielmehr weil sie Idioten sind, auf die man gut verzichten kann? Was wird aus diesen lustigen, höflichen Jungen später einmal werden?

Auf jeden Fall werden sie damit konfrontiert werden, sich entscheiden zu müssen. Für Narzissmus und Ellenbogenmentalität oder für Mitgefühl und Nachsichtigkeit. Sie werden entweder Anstrengung, Selbstreflexion und Mühe in ihre Beziehungen investieren oder bevorzugen, ein moderner Single zu sein. Sie werden sich entscheiden müssen, ob sie Karriere machen oder lieber eine Familie gründen wollen. Sie werden sich für SPD oder CDU entscheiden. Ob sie Biofleisch essen oder Fleisch aus Massentierhaltung oder gar kein Fleisch. Ob sie trendy sind oder konservativ. Ob sie einen geistigen Beruf lernen oder einen handwerklichen.

Wenn sie sich für den akademischen Weg entscheiden, werden sie die Wahl haben, ob sie einen Zeitvertrag annehmen oder ob sie ins Ausland gehen. Oder sie entscheiden sich dazu, etwas völlig anderes zu machen. Ihren Traum zu verwirklichen, ihre Talente und Fähigkeiten einzubringen und sich zu entfalten, indem sie das tun, was sie von Herzen möchten.

Doch dann kommen andere, schütteln den Kopf und sagen, dass es Unsinn sei. Dass man etwas Vernünftiges tun müsse. Dass man seinem Status, seiner Ausbildung gerecht werden müsse. Aber innerlich bersten sie bestimmt vor Neid, weil sie nicht den Mut haben, ihren individuellen Weg zu gehen. Sondern brav den ausgetretenen, übersichtlichen Weg gehen, den andere ihnen weisen.

Der keine Abenteuer birgt. Der nicht mit Stromschnellen und Wasserfällen und undurchdringlichen Dickichten überrascht. Denn das wäre ja zu gefährlich und zu unsicher. Sie rufen einem hinterher, wenn man trotzdem geht: „Komm zurück!" Weniger aus ernsthafter Sorge, als aus Missgunst.

Dann freuen sie sich, wenn man auf die Nase fällt. Denn das bestätigt sie darin, dass es besser ist, wenn man den geraden Weg geht, ohne unbekannte Hindernisse. Aber wir stehen wieder auf! Wir gehen weiter und entfernen uns immer mehr von den Angsthasen. Wir schreiten mutig voran und lassen uns immer mehr auf das Abenteuer ein.

Wieder zu Hause angekommen, steige ich gerade aus dem Auto und lege schon die Bäume absuchend meinen Kopf in den Nacken, als ich ein leises Krächzen höre. Tatsächlich: nach angestrengtem Lauschen, von wo die leisen Rufe herkommen mögen, erkenne ich zwischen den Blättern einen türkisfarbenen Fleck schimmern. Ich antworte mit dem Pfiff, an den ich Rocky beim Füttern gewöhnt hatte und er ruft zurück! Ich pfeife noch ein paar Mal nach ihm und Rocky schaut aufgeregt zu mir hinab. Er traut sich aber nicht, herunter zu fliegen.

Also gehe ich rauf in die Wohnung und rufe vom Küchenfenster nach ihm. Aber auch das ist ohne Erfolg. Dann habe ich eine Idee. Ich schnappe mir die Würmerbox und ein Stück Käse und klettere durch das Fenster im Treppenhaus, um mich auf das kleine Dach über der Haustür zu setzen. So bin ich näher an der Birke, auf der er gerade sitzt. Rocky beobachtet aufmerksam meine Klettereskapaden. Dabei ruft er ohne Unterlass nach mir und hüpft aufgeregt auf dem Ast hin und her.

Ich kann nur hoffen, dass keiner mich hört, wie ich so im Duett mit Rocky pfeife und krächze. Dann endlich startet er durch. Und ich muss machtlos mit ansehen, wie der kleine Kerl, der in der Wohnung noch so flugsicher schien und heute Morgen doch so einen tollen Flug gemeistert hat, jetzt weder nach links oder rechts steuern, noch die Höhe beeinflussen kann. Er segelt mehr, als dass er fliegt. Er segelt direkt mitten auf das Hausdach zu.

Offensichtlich konnte er irgendwo da oben landen, denn ich höre ihn wieder krächzen. Allerdings hat sein Ruf jetzt einen leicht ungeduldigen und ängstlichen Unterton. Ich springe auf und renne auf den Balkon, in der Hoffnung ihn von dort aus auf dem Dach zu sehen. Ich rufe und er antwortet immer lauter, immer nachdrücklicher. Vielleicht ärgert er sich auch über mich, weil ich nicht einfach zu ihm geflogen komme, um ihn endlich zu füttern.

Nach einem weiteren ergebnislosen Duett flitze ich auf den Dachboden, um von dort nach ihm zu pfeifen. Er ist aber mittlerweile wieder auf einem Baum auf der anderen Seite des Hauses. Also klettere ich wieder auf das Dach über der Haustür. Dort warte ich und antworte ihm beharrlich, wenn er ruft. Nach und nach arbeitet er sich zu mir herunter, indem er sich von Ast zu Ast manövriert. Dann endlich fliegt er das letzte Stück zu mir auf die kleine Terrasse!

Da sitzt er nun vor mir und nimmt die Mehlwürmer und noch lieber den Käse gierig an und ich bin der glücklichste Mensch der Welt, die glücklichste Vogelmama! Ich überlege noch, ob ich ihn auf die Hand nehmen und in die Wohnung tragen soll, damit er sich erst einmal von seinem Abenteuer ausruhen kann. Aber da fliegt er auch schon gesättigt wieder weg. Auch gut.

Er ist nicht einfach verschwunden wie Kalle. Er ist noch da. Wenigstens hat er für die nächsten paar Stunden etwas im Magen. Ich bin beruhigt in dem Wissen, dass er jetzt weiß, wie er an Futter gelangt. Die Voliere steht ja auch schon wieder auf dem Balkon, zur großen Freude von Kalle, der sie bereits in Beschlag genommen hat. Ich werde Rocky an jedem Fenster etwas zu fressen hinlegen, auch wenn Kalle, Dude oder sonst wer ihm zuvorkommen.

Etwas später beobachte ich zufrieden, wie Rocky auf der Strebe des Metallzaunes der Kaserne sitzt. Er sieht sich um, putzt sich, steckt seinen Kopf in das Rohr des Zauns. Untersucht alles in seiner Nähe mit dem Schnabel, dabei sein zufriedenes Gezwitscher von sich gebend, pickt nach den Wassertropfen, putzt sich wieder. Dieser kleine Vogel in dieser großen Welt, wo an jeder Ecke Gefahren lauern.

Eine Dohle setzt sich auf das Dach des Kasernengebäudes, an das der Zaun angrenzt und beobachtet Rocky. Rocky weiß noch nicht, dass diese Dohle ihm durchaus gefährlich werden könnte. Eine Amsel setzt sich in die Nähe und schimpft wildes Geschrei in Rockys Richtung. Amseln können sehr streitsüchtig und aggressiv sein, doch das weiß er zu diesem Zeitpunkt auch noch nicht. Das würde er bald alles erfahren.

Nach und nach wird die Welt ihn in ihren Bann ziehen. Wird ihm die Schule des Lebens aufdrücken. Unerbittlich, unentrinnbar. Es wird ihn, wenn er viel Glück hat und schlau genug ist, selbstbewusst und stark machen. Mit jeder Situation, die er meistert, mit jeder Herausforderung, die er besteht, wird er allmählich der optimale Ausdruck seiner selbst. Wird er zu dem, wozu die Natur ihn auserkoren hat: zu dem Wächter des Waldes.

Sein rundes Köpfchen dreht sich aufgeregt hin und her. Seine kindlichen Augen nehmen alles Neue auf, was ihm unglaublich spannend erscheinen muss. Hier eine Taube, da eine Spinne. Hier glänzt eine Schraube des Metallzaunes, da glitzert ein Wassertropfen.

Plötzlich kreischt ein anderer Eichelhäher. Rocky will zum Flug ansetzen, peilt die Richtung an, aus der der Ruf kam. Guckt hier hin und da hin. Hüpft einmal hoch, um sich anders herum zu setzen. Breitet wieder seine Flügel aus, um mit dem kleinen Vogelkörperchen zuckend zum Flug anzusetzen. Und lässt es dann doch bleiben.

So viele Möglichkeiten, kein Ziel. Keine gemütliche Coach, auf der er bequem landen könnte. Dann noch ein Versuch. Er flattert auf einen tief hängenden Ast einer Birke. Sucht sich einen guten Sitzplatz, pickt an der Rinde herum und flattert wieder zurück auf den Zaun. Zwischendurch blickt er mich an. Ob er sich durch meine Anwesenheit sicherer fühlt? Schließlich war ich für eine kurze Zeit das Gesicht, das ihm Schutz und Nahrung bot. Das ihn fütterte, wenn er hungrig war. Das ihm Wasser reichte, welches er mit schmatzenden Geräuschen in seinen kleinen Schnabel sog. Das ihn begleitete und unterstützte und ihm das eine oder andere doch beibringen konnte. Zum Beispiel das Baden – er liebte Baden.

Er war ganz aufgeregt, als ich meine Hand in die Badeschüssel hielt. Er hüpfte auf meinen Arm und hangelte sich von dort ganz sachte und vorsichtig hinunter ins Wasser. Dann fing er auch schon an, mit dem Schnabel das Wasser aufzuspritzen. Tauchte den Kopf tief hinein und verteilte das Wasser über Flügel und Schwanzfedern, zwischendurch sanft an meinen Fingern knabbernd. Er liebte es, wenn ich meine Finger dann hoch hielt und er die Tropfen von meinen Fingerkuppen picken konnte.

Ich zeigte ihm, wie man Heuschrecken und Grillen fängt. Ich versuchte, seine Intelligenz zu fördern, indem ich ihn das Seilspiel spielen ließ. Kalle liebt dieses Spiel noch heute. Dazu hänge ich eine Nuss an das Ende eines Seils, das an einer Stange festgemacht ist. Um an das Futter zu gelangen, muss das Seil nun mit dem Schnabel hochgezogen, mit dem Fuß festgehalten, das nächste Stück Seil hochgezogen, wieder mit dem Fuß festgehalten werden usw. Bis die Nuss in Schnabelreichweite ist. Bei Vogelforschern ist das ein beliebter und gängiger Intelligenztest. Rocky lernte das sehr schnell. Das macht mir Mut, dass er sich auch draußen auf neue Situationen sehr schnell einstellen und ganz schnell ganz viel lernen wird.

Irgendwie macht es mich wehmütig, den kleinen Vogel so allein da sitzen zu sehen. Die Jungen von Dude und Jay waren zu viert und hatten ihre Eltern, die ihnen alles zeigten. Geschwister, die Sicherheit und Spaß boten, während die Eltern auf Nahrungssuche gingen. Noch lange wurden sie von den Eltern gefüttert, obwohl sie sicherlich auch schon selber das eine oder andere Insekt selbständig fangen konnten. Aber Rocky und auch Kalle mussten von einem Moment auf den anderen für sich selbst sorgen, ohne Unterstützung. Kein allmählicher Übergang, kein schrittweises Erwachsenwerden und Loslösen. Nein, ein abrupter, klarer Schnitt.

Jetzt ist er alleine auf sich und das Glück angewiesen. Das macht mich traurig, aber ich kann es nicht ändern. Ich kann ihm nicht auf Bäume hinterher fliegen und ich kann nicht den ganzen Tag auf seine Hungerrufe warten. Es liegt nicht mehr in meinen Händen.

So ist das nun einmal, wenn man ein Wildtier groß zieht. Irgendwann kommt der große Moment. Man muss sich darauf verlassen, dass die Natur ihren Lauf nimmt. Ich muss die Angst um meinen Zögling überwinden und mich der Machtlosigkeit stellen. Akzeptieren, dass die Natur ist, wie sie ist. Grausam, wertfrei und machtvoll.

Nicht einfach nur die Stärksten und Schlauesten überleben, sondern die, die zur rechten Zeit am rechten Ort sind. Nicht die Gene, die dafür sorgen, dass man besonders schnell und anpassungsfähig ist, garantieren Überleben, sondern diejenigen, die dafür zuständig sind, das meiste Glück anzuziehen.

Man selbst kann nur das Beste geben. Man kann versuchen, schlau und gewicft zu sein. Versuchen, sich mit Mut und Beharrlichkeit aus einer bedrohlichen Situation heraus zu manövrieren. Doch letztlich zählt nur, ob man eben Glück hat oder nicht. Die gleiche Verhaltensweise, die dem einen Entkommen oder Erfolg ermöglicht, führt bei dem anderen zu Misserfolg oder kann gar den Tod nicht verhindern. Und weil es eben so ist, wie es ist, kann ich nichts tun. Ich hätte ihn, um ihn vor der großen, bösen, gefährlichen Welt zu beschützen, für immer in eine Voliere sperren können. Aber das kam natürlich gar nicht in Frage.

Es ist mittlerweile spät abends geworden und ich kann nicht einschlafen. Meine Gedanken kreisen längst nicht mehr nur um Rocky. Mit ihm verschwand auch der mir lieb gewonnene Rhythmus. Ich habe jetzt keine Ausrede mehr. Es fühlt sich an, als würden zwei aufgebrachte Hennen um einen fetten Wurm kämpfen. Es fliegen innerlich die Fetzen. Das Geschrei in mir wird immer lauter.

Diese gackernden Hennen in mir streiten sich darum, gehört zu werden, ringen um Anerkennung. Die Stimme der Seele kann ich kaum unterscheiden von der Stimme des Verstands in diesem herumtollenden Gewirr aus Federn, Fetzen, Worten.

Zweifel bezüglich meiner Arbeit. Ringen um Anerkennung und Wertschätzung. Ewiges Hetzen und Suchen und Sich-beweisen-müssen. Was ist aus meiner so genannten Auszeit von dem pausenlosen, von Ehrgeiz getriebenen Erfolgreichsein geworden? War nicht ursprünglich der Plan gewesen, mir Zeit zu nehmen, um Dinge zu tun, die ich schon immer tun wollte? Wo ist die Überzeugung, mein eigenes Tempo bestimmen zu dürfen, inne zu halten, mich langsamer zu bewegen? Was ist übrig von meinem Traum, mich zu verwirklichen?

Wie ein verschwommener Streifen aus undefinierbaren Farben und Tönen zieht alles an mir vorbei und mir wird schwindelig bei diesem Anblick.

Mit Erschrecken habe ich zudem festgestellt, dass ich mich freier fühle, seit Nick in den USA ist. Er inspiriert mich regelrecht durch seine Abwesenheit. Vielleicht liegt es daran, dass ich nicht mehr die Funktion seines Spiegelbildes einnehmen muss, das seine gelegentlich auftretende schlechte Laune spiegelt. Sein Desinteresse an aktiver Gestaltung unserer Beziehung. Oder hat Nick vielleicht die Funktion, mir den Spiegel vorzuhalten?

Vielleicht liegt es aber auch daran, dass die Stille des Alleinseins dieses Schweigen übertönt. Dumpfes Schweigen, das sich dunkel über meine Bedürfnisse legt und eine tiefe Kluft zwischen uns reißt. Und dann folgt diese Leere, dieser tiefe Abgrund.

Ich möchte, dass sie aufhören. Ich möchte, dass diese wuseligen Gedanken, die in Form von Bildern und Worten unentwegt auftauchen, einmal kurz stillhalten. Stattdessen verknoten sie sich zu einem Riesenknäuel. Ich komme nicht mehr hinterher, die Knoten zu lösen. Es sind zu viele. Früher war ich Meisterin im Knotenlösen. Doch diese hier sind zu gewaltig. Ich möchte ein Standbild. Ich möchte die Gedanken schockgefrieren, damit endlich Ruhe herrscht. Ich möchte sie in Zeitlupe steuern können und jederzeit auf Pause drücken, damit ich mir einen nach dem anderen vornehmen kann.

Tagelang nörgelt die eine Stimme herum, kritisiert, fordert und stellt alles in Frage, während die andere beschwichtigt. Mut macht, Fehler als Notwendigkeit zu akzeptieren. Die Dinge in ein anderes Licht rückt.

Ich bemühe mich, genau hinzuhören. Es wird leise, still, andächtig. Die Kakophonie der Stimmen erhält eine klare Melodie. Die Hühner blicken interessiert auf, als ich ihre Namen rufe. Schauen mich erwartungsvoll an. Ich nehme den Wurm, der den Streit auslöste. Teile ihn, reiche jedem genau die Hälfte. Schließlich picken sie wieder im Einklang. Wirken zusammen, nicht gegeneinander.

Der Kampf zwischen Beständigkeit und Wagemut wird zu einem Bestreben nach ausgewogenem, bewusstem Erleben des Augenblicks mit dem Blick auf Möglichkeiten. Der panische Schrei nach Sicherheit wird zu einem zarten Flüstern, einem liebevollen Gesäusel aus Verständnis und Wohlwollen. Verständnis dafür, dass der Drang nach Sicherheit gerechtfertigt ist. Ich darf mir Sicherheit wünschen. Wohlwollen dafür, dass aber auch das Bedürfnis nach Veränderung, nach Kühnheit, nach Freiheit ihre Berechtigung hat und gelebt werden möchte. Es ist kein Kampf mehr, es ist ein gemeinsames Projekt.

Noch immer bange ich um Rocky. Bin hin und her gerissen in der Sorge um sein Leben und der Notwendigkeit, ihn loszulassen. Ihm zu ermöglichen, dem Ruf der Wildnis zu folgen. Ich hielt ihn fest. Mein Verstand erklärte hochnäsig, Rocky brauche mich noch. Er sperre ja noch und fliege noch nicht sicher genug, als dass er draußen überleben könne. Er brauche noch regelmäßige Fütterungen durch mich. Meine Seele ahnte jedoch, dass die Zeit näher rückte. Das, was er noch nicht könne, würde er draußen lernen. Ich müsse ihn loslassen und die Verantwortung aus meinen Händen geben.

Es war, als hätte ich zuletzt mit Rocky meine Seele eingesperrt. Aus Angst vor dem Draußen. Aus Angst vor den Gefahren, den potentiellen Bedrohlichkeiten. Jetzt ist er frei. Und mit ihm meine Seele. Sie flattert nicht mehr angespannt und durch Gitter gehindert im Käfig der vermeintlichen Sicherheit herum, mit dem unstillbaren Bedürfnis nach Freiheit. Sie ist frei. Mein Verstand mit all seinen Bedenken ist kein Käfig mehr. Mein Verstand fungiert wieder als Basis. Ein Fundament, auf das ich jederzeit zurückgreifen kann.

Rocky fliegt inzwischen ganz selbstverständlich zu mir, wenn ich ihn rufe. Schlägt sich den Bauch voll mit allerlei Köstlichkeiten, um dann gesättigt wieder seine Abenteuer anzugehen. Freiheit und Sicherheit müssen sich nicht widersprechen. Sie können Hand in Hand gehen, sich ergänzen, sich gegenseitig bereichern. Rocky ist nun wie Kalle, ein zahmer, wilder Eichelhäher. Der kommt, wenn er möchte und der geht, wenn er möchte.

Wenn er mich braucht, bin ich für ihn da. Wenn er auf mich verzichten kann, dann genießt er die Freiheit. Wohl wissend, dass er jederzeit zu mir zurück kommen kann. Das steckt also hinter der oft gehörten Aussage, Liebe sei wie ein Vogel. Man muss sie frei lassen, und wenn es wirklich Liebe ist, kehrt sie zu dir zurück.

Es heißt, dass man jemanden, den man liebt, nicht brauchen solle. Dass Jemanden zu brauchen der Liebe im Wege stehe. Ich weigere mich, dass zu glauben. Ich habe versucht, es zu leben. Aber es funktioniert nicht. Liebe und Etwas brauchen gehören zusammen. Und sei es, dass allein die Liebe als Selbstzweck gebraucht wird. Ich brauche das Gefühl der Sicherheit, dass dieser Mann mir zuweilen gibt. So wie Rocky das Futter braucht, das ich ihm zuweilen gebe.

Er wird es sicherlich immer seltener brauchen. Aber hoffentlich wird er trotzdem wieder kommen. So wie Kalle, der noch immer unsere Gesellschaft sucht. Weil er sie offensichtlich braucht, um zufrieden und vollständig zu sein. Ist doch egal, was man braucht. Wenn man irgendetwas von jemandem braucht und das auch bekommt, ist das ein vervollständigendes Gefühl, das Zufriedenheit bringt. Das ist doch erstrebenswert!?

Im Rhythmus

Signale
Wünsche werden missachtet.
Pflicht bleibt Kür.
Wünsche sind Signale, Wegweiser.
Deine Wünsche verwirklicht niemand.
Nur Du.
(Else Pannek, 1932-2010[8])

Es ist ein schönes Gefühl, im Rhythmus unserer Eichelhäher zu leben. Es ist, als wäre ich ein Teil von ihnen. Um halb sechs werde ich durch Rockys fordernde Schreie geweckt, klettere auf die Terrasse, rufe nach ihm und schon kommt er angesaust. Ich reiche ihm sein Frühstück, bestehend aus Käse und Melone. Es ist ein so zartes Band zwischen uns. Ich würde ihn gerne noch einmal auf die Hand nehmen. So wie gestern einmal kurz.

Er planschte zusammen mit mir, vielmehr mit meiner Hand, in einer Pfütze, die an den längst überfälligen Regen der vergangenen Nacht erinnerte. Danach war er klatschnass. Das hielt ihn aber nicht davon ab, von der Dachterrasse los zu fliegen. Er stürzte wie ein nasser Sack in den Busch und von dort auf die Wiese der stillgelegten Kaserne neben unserem Garten. Ich hatte natürlich Sorge um ihn, weil er jetzt leichte Beute für jedermann, besonders für Katzen war. Also kletterte ich behände über den Maschendrahtzaun samt Stacheldraht, der das Kasernengelände von unserem Garten trennt. Vor einem Jahr war dieser noch eine unüberwindbare Hürde für mich.

Vorsichtig setzte ich mich zu ihm unter den Busch, auf dem er mittlerweile in der ersten Etage hockte. Ich hielt ihm meine Hand hin. Zaghaft kletterte das nasse Vögelchen darauf. Das wäre die Gelegenheit gewesen, ihn zu greifen und in die Wohnung zu tragen, damit er

---

[8] mit freundlicher Genehmigung von Frau Marlou Lessing

trocknen und sich in Ruhe von seinem Abenteuer erholen könne. Stattdessen setzte ich ihn auf den Boden ab, wendete das Laub, wie ich es von den Amseln gelernt hatte und fing Asseln, die ich inzwischen ohne Ekel anfassen kann. Er beobachtete mich aufmerksam dabei und pickte sanft und vertrauensvoll nach der Beute in meinen Fingern. Sobald sein Gefieder wieder trocken war, verabschiedete ich mich von ihm und ging. Er sah mir nach und suchte dann noch eine Weile selber nach Insekten.

Das Band zwischen uns wird immer zarter. Ich denke, es wird niemals vollständig verschwunden sein. Aber es wird zunehmend feiner. Es ist, als wäre es ein elastisches, spinnenwebfeines Band, das sich immer mehr ausdehnt, je länger sein Dasein in der Freiheit dauert. Würde ich mich darum bemühen, dass es eng und fest bliebe, dann würde es an seiner Elastizität einbußen und irgendwann zwangsläufig reißen. Sein Drang nach Vogelfreiheit würde so stark sein, dass er eine Entscheidung treffen müssen würde. Diese Entscheidung wäre, das Band zu brechen.

Mittags höre ich Kalle draußen pfeifen und diverse Geräusche imitieren. Ich klettere wieder auf die Aushilfsterrasse, um Rocky zu füttern, falls er in der Nähe sein sollte. Ich rufe nach ihm, kann ihn aber nirgends sehen und hören. Nach einer Weile höre ich plötzlich Eichelhähergezeter von allen Seiten. Einer der Rufe kommt mir sehr bekannt vor. Von der Kaserne her fliegen plötzlich mehrere Eichelhäher in meine Richtung, die ich eindeutig als die Kleinen von Dude und Jay identifizieren kann.

Und wer fliegt noch etwas hühnerhaft und eindeutig von den anderen unterscheidbar hinterher? Rocky! Sie landen alle auf der großen Eiche mir gegenüber und flattern dort gemeinsam herum. Ich beobachte das bunte Treiben eine zeitlang und rufe dann nach Rocky, der auch in meine Richtung hüpft. Er zögert jedoch, als Jay, die einige Äste entfernt in seiner Nähe sitzt, plötzlich nach ihm ruft. Eine Weile rufen und pfeifen Jay und ich abwechselnd nach Rocky. Sie trillert zwar viel schöner als ich es jemals könnte. Aber er entscheidet sich für mich.

Zielstrebig fliegt Rocky zu mir und stopft sich mit Würmern, Käse und Melone voll. Als Nachtisch gibt es heute einen Cashewkern, den er emsig, aber recht erfolglos zu verstecken versucht. Schließlich frisst er auch diesen genüsslich auf. Dann noch ein Schluck Wasser aus der Pfütze und ab geht es wieder auf die Eiche.

Die anderen Eichelhäher sind mittlerweile schimpfend und zeternd weiter geflogen. Auf einem Ast der Eiche zupft Rocky noch eine geraume Zeit an den Blättern und der Rinde. Dann schaut er noch einmal zu mir herüber und steckt zufrieden seinen Kopf ins Gefieder, um ein Nickerchen zu machen. Das Blau an Rockys Flügeln schimmert wie ein schillernder Türkis durch die Blätter der Birke hindurch.

Es ist sonderbar. Noch vor zwei Wochen erschien er mir mit seinem verstauchten Flügel wie ein gefallener Engel, der unbeholfen vom Boden auf die Coach flatterte, dankbar meine Hand als Zwischenlandung annehmend.

Es war kurz nach Pupsis Tod, als er aus unerfindlichen Gründen seinen Flügel hängen ließ. Was hatte ich auf dem Weg zum Tierarzt für eine Angst, ihn zu verlieren. Davor, dass ihm das gleiche Schicksal wie seiner Schwester widerfahren würde. Und wie froh und dankbar war ich, als der Karton nicht leer auf der Heimfahrt war, sondern ein gesunder kleiner Rocky Balboa darin randalierte.

Laut Tierarzt hatte er nur den Flügel etwas verstaucht – die erstaunlichen Selbstheilungskräfte der Wildvögel würden das schon richten... Nun sitzt mein kleiner Diamant dort auf dem Ast und hält zufrieden in der Gewissheit, dass ich auf ihn achte, ein Schläfchen.

So gehen die ersten Tage seiner Freiheit dahin. Er weckt mich um halb sechs Uhr morgens mit forschem Gequäke bis ich ihn füttere. Dann kommt Chico an die Reihe. Alltägliche Aktivitäten und Verpflichtungen werden eingerahmt von den Rufen Rockys, der, wenn er Hunger verspürt, vor unserer kleinen Terrasse wartet. Ich erkenne seinen Ruf ungeachtet der Musik, über den Rasenmäher hinweg, trotz des lauten Rauschens der Blätter, die im Wind tanzen. Ich glaube, ich habe in meinem Innenohr eine Hörzelle, die ausschließlich auf die Frequenz seiner zarten, Mitleid erregenden Ruflaute ausgelegt ist. So sensibel, dass ein einziges Phon genügt, um sie zu erregen.

Doch heute, der Tag an dem Nick zurück kommen wird, ist den ganzen Morgen noch kein Rocky zu sehen oder zu hören. Natürlich mache ich mir direkt wieder Sorgen. Aber dieses Mal nehme ich mir vor, mich nicht von meinen Gefühlen übermannen zu lassen.

Ich bemühe mich, meine Aufgaben konzentriert zu erledigen. Nachdrücklich ermahne ich mich zu Gelassenheit, wenn ich mich dabei erwische, wie ich angestrengt auf Rockys vermeintliche Rufe lausche. Auch auf die Gefahr hin, dass er vorbeikommen könnte, wenn ich gerade nicht da bin, reiße ich mich am Riemen und fahre zu verschiedenen Terminen. Anschließend nehme ich mir noch die Zeit und belohne meinen Rücken mit ausgiebigem Gerätetraining.

Kaum steige ich Stunden später zufrieden und mit neuer Muskelkraft aus dem Auto, werde ich auch schon lauthals erwartet. Ein aufgeregtes, geradezu forderndes Krächzen dringt von den Birken über mir in meine Richtung. Und zwar ausschließlich in meine Richtung. Dieser Ruf eines wilden, jungen Eichelhähers gilt nur mir. Das erfüllt mich mit unbeschreiblichem Stolz. Besonders in Anbetracht der Tatsache, dass er bereits in der kurzen Zeit außerordentlich scheu geworden ist.

Schon am zweiten Tag seiner Freiheit machte er einen furchtbar nervösen Eindruck, spähte ängstlich nach oben und zuckte bei jedem Geräusch, bei jedem auffliegenden Vogel zusammen. Es war sehr windig und dadurch machte das Laub in den Bäumen einen gewaltigen Krach.

Was ihm wohl alles widerfahren ist, seit er den Geschmack der Freiheit kostet? Die Wildnis bringt nun einmal nicht nur das erhebende Gefühl der Freiheit mit sich, sondern auch Gefahren, Widersacher, Konkurrenten. Ich gehe mal davon aus, dass er schon die eine oder andere Begegnung mit einer Elster oder einer Dohle hatte oder aber auch von den anderen Eichelhähern getriezt wurde.

Bei anderen Menschen verhält er sich eichelhähergemäß extrem scheu. Da fütterte ich ihn gerade noch und bevor ich jemanden hören, geschweige denn sehen kann, löst Rocky sich wie Pumuckl in Nichts auf. Den verwunderten Nachbarn und Postboten muss ich dann erst einmal erklären, warum ich auf dem Dach über der Haustür sitze. Zum Glück habe ich mittlerweile verstanden, dass ich nicht auf der Welt bin, um so zu sein, wie andere mich haben wollen. Also ist es mir egal, wenn die Störenfriede unserer trauten Zweisamkeit mich komisch ansehen, bevor sie endlich grinsend ihrer Wege gehen. Rocky ziert sich danach noch eine ganze Weile, wieder zurück zu kommen. Aber er kam bisher immer wieder zurück.

Die Emails von Nick kündigten so etwas schon an, aber ich blieb skeptisch. Noch wenige Tage zuvor schrieb ich ihm meine Sorgen: „Hoffentlich finden wir für uns eine gute Lösung, damit wir beide glücklicher und zufriedener sind und eher Kraft aus unserer Beziehung ziehen können, als dass sie uns Kraft kostet.“ Dann überraschte mich ausnahmsweise einmal die Wirklichkeit mit einem traumhaften Erlebnis.

Ich bin noch nicht bereit, mich wieder dem Alltag hinzugeben, will die Stunden seiner Rückkehr festhalten. Ich fühle mich wie aus einem Traum gerissen, möchte ihn für immer bewahren.

Aber er droht bereits zu entgleiten. Es fällt mir äußerst schwer, zu akzeptieren, dass die Momente der Leidenschaft und das Gefühl, zusammenzugehören wie zwei Puzzleteile, die endlich zueinander fanden, schon wieder in die lange Kette der vergangenen Ereignisse eingereiht werden. Wieder nur eine weitere Erinnerung. So flüchtig.

Doch in einem unterscheidet sich die künftige Gegenwart von der, die noch vor seiner Heimkehr bestand: diese Erinnerung ist jetzt ein Teil von mir, von ihm, von uns. Jetzt gehören diese Gefühle, die wir füreinander empfanden, dieses Begehren und diese Lust, die wir erlebten, für immer zu uns.

Ich erinnere mich an sein Versprechen, nach seiner USA-Reise über unsere Zukunft zu sprechen. Aber ich finde das Schloss zu der Kiste nicht wieder, in die ich meine Sehnsüchte und Wünsche gepackt hatte. Ich bin inzwischen der Meinung, dass es besser ist, keine größere Wohnung zu suchen. Wegen der Vögel. Kalle und Rocky können wir ja nicht einfach verlassen. Sie würden weiterhin auf den Balkon beziehungsweise Kalle auch in die Wohnung kommen. Bestimmt würden neue Nachmieter das nicht gut heißen. Außerdem habe ich hier alles, was ich brauche. Wer braucht schon den ganzen persönlichen Schnickschnack-Kram. Der ist doch gut aufgehoben in all den Kartons auf dem Dachboden mitsamt meiner Möbel.

Vor allen Dingen wage ich es einfach nicht, diese frische, zarte Harmonie zwischen uns zu zerstören. Mich hinter Voltaires Worten versteckend: „Alles zu sagen, ist das Geheimnis langweilig zu wirken“[9], beschließe ich, dieses Thema erst einmal ruhen zu lassen. Er hat sein Versprechen dennoch auf seine besondere Art und Weise gehalten. Neue Regale und ein neues Sofa machen unsere Wohnung etwas gemütlicher. Bedürfnis in die Kiste gesperrt, Klappe zu.

Kalle blieb in letzter Zeit schon immer mal wieder für zwei oder drei Tage fort. Wenn er uns besuchte, kam er meist in Begleitung von Rocky. Rocky dagegen holt sich noch immer täglich mindestens eine Futterration bei mir ab. Er ist Nick gegenüber sehr scheu geworden, während er mir weiterhin großes Vertrauen entgegenbringt. Ungeduldig pickt er nach den Würmern, Heuschrecken oder Nüssen, die ich ihm reiche. Manchmal gerät auch ein Finger zwischen seinen scharfen Schnabel, was mitunter sehr schmerzhaft ist. Wenn Kalle und Rocky zusammen unterwegs waren, kamen sie auf mein Pfeifen hin gemeinsam auf den Balkon gesaust, um sich verwöhnen zu lassen.

---

[9] Voltaire, F-M A (1694 – 1778): Discours sur l'homme VI, 171

Mittlerweile ist allerdings schon über eine Woche seit Kalles letztem Besuch vergangen. Ich mache mir mal wieder Sorgen, da ich nicht weiß, ob er vielleicht krank ist. Bei seinem letzten Besuch stellten wir besorgt fest, dass Kalles Kopffedern hier und da ausfielen, so dass er stellenweise etwas zerrupft um die Augen aussah.

Vielleicht war die Lausfliege, die kürzlich über sein Gefieder huschte, der Verursacher. Oder er war in der sogenannten Stockmauser. Normalerweise lief die Mauser bei ihm recht unspektakulär ab. Wir erkannten sie höchstens daran, dass überall Federn und Daunen herumflogen. Vielleicht stagnierte jetzt seine Mauser wegen irgendwelcher Mangelerscheinungen oder Stress oder sonstiger Umstände.

Es fiel mir jedenfalls nicht leicht, ihn trotz seines bedauernswerten, zerrupften Erscheinungsbilds so anzusehen, als wäre nichts. Vielleicht genierte er sich jetzt und bleibt deswegen fort. Ob Eichelhäher Scham empfinden können? Vielleicht hatte er aber auch wieder einen Unfall? War die Lausfliege vielleicht ein Hinweis auf gefährliche Parasiten, die ihn so sehr schwächten, dass er sich nicht mehr selbst versorgen konnte? Lebte er überhaupt noch?

Rocky holt mich mit seinem Ruf aus meinen verdrießlichen Gedanken. Er wartet schon ungeduldig auf dem Balkon. Als er mich mit Käse, Melone und einem Cashewkern ausgestattet näher kommen sieht, flattert er aufgeregt eine hektische Runde, um erwartungsvoll wieder auf dem Geländer zu landen. Freche Kohlmeisen attackieren ihn, während ich ihn füttere. „Wehe euch: eines Tages wird Rocky euch jagen!“ Ich schaue mich nach Kalle um, pfeife nach ihm, aber nichts deutet darauf hin, dass er in der Nähe sein könnte. „Kalle wird sicher bald wieder kommen“, versuche ich mich zu beruhigen.

Nach ausgedehnter Schreibtischarbeit schreit mein Rücken nach Bewegung. Also fahre ich mit Chico ins Moor, wo wir lange zusammen spazieren gehen. Erinnerungen an den Spaziergang, den ich kürzlich mit Nick unternahm, kommen mir in den Sinn.

Wir durchstreiften einen wundervollen Mischwald. Mit jedem Schritt wurde ich leichter. Es war, als würde jeder einzelne Baum eine Sorge von mir nehmen. Die Gedanken, die in mein Bewusstsein drangen, hatten eine andere Farbe, einen anderen Ton. Ich traute mich und munterte uns beide auf, unsere Wunschzukunft zu erträumen.

Wir waren uns bis ins kleinste Detail darüber einig, wie unser Hof aussehen sollte, der inmitten unberührter Natur liegen würde. Wir zählten unsere Tiere auf: Pferde, Esel, Hunde, Eichelhäher und andere frei lebenden Wildtiere, die wir aufziehen würden. Nachdem auch noch die Wühlmäuse ihren Platz in unserem virtuellen Hof fanden, beendete er resigniert unsere Träumerei: „Wie sollen wir das denn machen?“ „Ach, darum geht es doch gar nicht. Lass uns einfach weiter träumen!“

Ich betrachtete den Himmel, der mich in seinen Bann zog. Die Cirruswolken erschienen mir wie mit Pinselstrichen gemalt. Wilde, scheinbar nachlässig und willkürlich gesetzte, schwungvolle Linien ergaben ein farbenprächtiges, dramatisches und geradezu surreal erscheinendes Bild. Ich dachte an Kernschmelzung. Ich dachte daran, dass er mir manchmal vorkommt, als hätte er eine Granitmauer um sich gebaut, an der ich oft abpralle, nicht ohne mich dabei zu verletzen. Nach einem solchen Aufprall verstecke ich mich Schutz suchend im Schweigen. Aber ich gebe nicht auf. Ich will an seinen Kern heran, damit unsere beiden Kerne miteinander verschmelzen können. Aber wie komme ich nur an diesen Kern heran?

Ich dachte an die Zeit nach meinem Bandscheibenvorfall, in der ich hilflos und ausgeliefert am Boden lag. Er kümmerte sich aufopfernd um mich. Er erledigte nicht nur den Haushalt, das Kochen und sonstige alltägliche Dinge, über die wir uns nun fast täglich stritten. Er versorgte auch Kalle, Chico und meine Pferde. Er bemühte sich darum, einen guten Orthopäden zu finden. Er kutschierte mich überall hin und stellte mich und meine Genesung über alles andere. Das alles tat er neben seiner Arbeit, für die er auch weiterhin Hundertprozent gab. Er hat so viel gegeben, dass er schließlich selbst am Ende seiner Kräfte war.

Schweigend und jeder in seine eigenen Gedanken versunken gingen wir durch den Wald. Ich schaute ihn an und betrachtete sein Profil. Er sieht schon gut aus. Und er ist so klug. Und so liebevoll. Ich wollte ihm gerne etwas zurückgeben. Aber wie, wenn ich ihn nicht erreichen kann? Ich muss ihm viel mehr Liebe geben. Das ist mein einziges und wichtigstes Kapital.

Ich rüttelte sanft an seiner Mauer: „Du bist mir der wichtigste Mensch in meinem Leben.“ Das Moos dämpfte unsere Schritte, nur das Zwitschern der Singvögel und hier und da der Warnruf eines Eichelhähers waren zu hören. Man soll uneigennützig und erwartungsfrei lieben. Ich hatte mir fest vorgenommen, keine Antwort zu erwarten, ihm selbstlos etwas Liebe zukommen zu lassen.

Zugegeben, es hätte mich glücklich gemacht, wenn er meine Liebeserklärung erwidert hätte. Aber seine Reaktion hatte ich nun wirklich nicht erwartet: „Hm.“

Mein zaghafter Versuch, zu ihm durchzudringen, zerplatzte wie eine Seifenblase. Puff. Meine Gefühle diffundierten ins All, in ferne Galaxien. Vielleicht kommen sie eines Tages zurück, bepudert mit Sternenstaub. Ich tröstete mich mit der Gewissheit, dass er seine Liebe eben auf seine Weise zeigt. Durch Taten. Nicht durch Worte.

An einer Bank neben einem idyllisch gelegenen Moortümpelchen legen Chico und ich eine Pause ein. Ich betrachte ihn, wie er mit konzentrierter Wichtigkeit strategische Punkte markiert und sich anschließend auf der Suche nach einem schattigen Plätzchen in das hohe Schilf verkriecht. Erschöpft aber zufrieden hechelnd beobachtet er mich mit eindringlichem Blick.

Wenn ich mit Menschen zu tun habe, überlege ich mir gerne, was für ein Typ Hund dieser Mensch wäre. Da gibt es die devoten Collietypen, die angestrengt darum bemüht sind, es allen recht zu machen. Oder die nervigen Kläffertypen, die einem ständig reinreden und einem am liebsten ins Gesicht springen möchten, um Aufmerksamkeit zu erhaschen. Oder die gemütlichen Bernhardinertypen, die soviel Ruhe ausstrahlen, dass man sich gerne an sie kuscheln möchte. Nick ist wie ein Golden-Retriever, wie mein Chico. Gemütlich, zuverlässig, freiheitsliebend und manchmal unnahbar. Chico ignoriert mich auch manchmal, wenn ich ihn rufe. Auch Kuscheleinheiten holt er sich selten freiwillig ab. Meist muss ich ihn erst dazu überreden. Ich glaube, ich wäre ein Yorkshireterrier, eine Mischung aus Schoßhund und Angstbeißer.

Elf Jahre ist Chico nun schon an meiner Seite, ein Jahr länger als Nick. Er ging mit mir durch Höhen und Tiefen, linderte meinen Schmerz, wenn ich Verluste zu ertragen hatte, begleitete mich zu meinen Prüfungen, tröstete mich, wenn ich traurig war und rannte ausgelassen mit mir durch die Wälder, wenn ich vor Lebenskraft zu platzen drohte. Mit seiner Gelassenheit und Gemütlichkeit und seiner manchmal ignoranten Art wird Chico mir immer Vorbild, Ausgleich und Stütze sein. Wenn ich dichten könnte, würde ich ein Gedicht über ihn verfassen, das dem von Karl Kraus (1874-1936) nahe kommt:

Ich kannte einen Hund, der war so groß wie ein Mann,
so arglos wie ein Kind und so weise wie ein Greis.
Er schien so viel Zeit zu haben,
wie in ein Menschenleben nicht geht.
Wenn er sich sonnte und einen dabei ansah,
war es, als wollte er sagen:
Was eilt ihr so? Und er hätte es gewiss gesagt,
wenn man nur gewartet hätte.

Wir genießen noch lange die Sonne und ich lasse meine Gedanken schweifen, während ein Schmetterling auf meiner Hand landet, um sich auszuruhen. Manchmal erkennt man den Rhythmus erst, wenn er unterbrochen wird. Es muss Raum für das Dazwischen bleiben. Raum für Unterbrechungen, für Perspektivenwechsel, für Veränderungen. Oftmals finden die wichtigsten Veränderungen im Innern statt, weniger im Außen. Vielleicht ist eine melancholische Verstimmung nichts anderes als eine notwendige Phase, die zur Entwicklung dazugehört.

Wie das Verpuppungsstadium in der Entwicklung eines Schmetterlings. Nur das die Raupe sicherlich nicht während ihrer Verwandlung zu einem Falter von solch schwermütigen, bedrückenden Gedanken begleitet wird.

Oder ob es sich auch für sie kurz vor der Häutung so anfühlt, als stecke sie in einem viel zu engen Panzer fest? Was sie dazu verleitet, zu pumpen und zu drücken, bis endlich ein Riss in der starren Ummantelung die Geburt des bunten Falters ankündigt.

Gleich einer gefräßigen Raupe ist bei mir vorher eine Phase, in der ich alles um mich herum in mir aufnehme. Bis ich beinahe überquelle. Dann wendet sich das Blatt. Wo eben noch pure Lebensfreude und überschäumende lebensbejahende Vitalität vorherrschte, gesellen sich nun kritische Gedanken, Zweifel, Negativität. Der darauf folgende innere Zwist manifestiert sich unweigerlich in verkrampfter Muskulatur, die mir zeitweilig den Atem raubt. Die brettharten Muskeln scheinen das Gewicht nicht mehr tragen zu können. Die Flexibilität der Wirbelsäule weicht dem Gefühl, ich würde abknicken. als würde die Wirbelsäule einfach in der Mitte des Körpers abbrechen. Es ist dann, als steckte ich in einer zu engen Ritterrüstung. Die nicht länger Schutz vor äußeren Einflüssen bietet, sondern selbst die größte Gefahr für ihren Träger geworden ist, indem sie ihm den Atem nimmt. Indem sie es kaum möglich macht, den Brustkorb zu heben, um Luft in die Lungen zu lassen.

Jetzt, nachdem ich das einengende, erdrückende, starre Verpuppungsstadium abgelegt habe und wieder meine Flügel gleich einem Schmetterling ausbreiten und abheben kann, sehe ich diesen Zyklus, den Rhythmus. So beengend und einschränkend, so trüb und grau, so schmerzhaft und dunkel diese Phase auch sein mag, sie scheint Teil einer Regelmäßigkeit zu sein, die ebenso wieder Helligkeit und Freude und – seien sie auch noch so flüchtig – Momente des Glücks bereit hält.

Vielleicht kann nur während der dunklen Phase bewusst oder unbewusst eine Innenschau erfolgen. Vielleicht kann nur dann eine reichhaltige Brühe aus Gedanken und Emotionen, Erlebnissen und Wünschen langsam zu einer schmackhaften Suppe heran köcheln, noch eine Prise Sehnsucht hinzu, ein Körnchen Realität.

Dann durchbricht man den Panzer, der einen fesselte, der einen im Dunkeln festhielt und im Vorankommen behinderte. Man durchbricht ihn und wird etwas dazu gewonnen haben. Etwas wird in einem verändert sein. Man hat auf einmal Flügel, die man ausbreiten, mit denen man abheben kann. Von dort oben kann man hinuntersehen auf die bunte Blumenvielfalt, die das Leben bereit hält. Man befindet sich auf einmal inmitten einer Wolke aus Düften, ist eingehüllt in samtweicher Seide. Zarte Melodien dringen in das Herz. Flüchtig, ganz flüchtig ist dieser Moment.

Denn in dem Moment, wenn man erkennt, dass man einem Rhythmus unterliegt, so wie der Tag der Nacht folgt, der Frühling dem Winter, beginnen bereits die Klänge der betörenden Musik langsam abzuschwellen. Die Farbenpracht und der Duft der Blüten werden immer blasser, der samtweiche Umhang fällt langsam von den Schultern und entblößt die unentrinnbare Regelmäßigkeit des Seins.

Auf dem Rückweg zum Auto kommen Chico und ich an der Birke vorbei, zu deren Wurzeln sich das Grab von Rockys namenlosen Geschwisterchen befindet, das so elendig starb. Ich hocke mich an das Grab. „Es geht deinem Bruder gut. Ich werde alles in meiner Macht stehende tun, dafür zu sorgen, dass es so bleibt“, versichere ich ihm. Ich entschuldige mich dafür, dass ich ihn nicht retten konnte. Dass ich Pupsi nicht retten konnte.

Ich erinnere mich an die Höhen und Tiefen, an den Wahnsinn in mir, die Zweifel, die Suche. Betrachte die Entscheidungen, die noch ausstehen. „Was soll ich tun, kleiner Vogel? Wie soll ich mich entscheiden? Wozu soll ich mich überhaupt zu irgendetwas entscheiden, wenn gar keine wirkliche Alternative da ist?“ Ich will ein Zeichen, irgendeinen Hinweis. Etwas mehr, als eine unsichere Empfindung. Etwas mehr, als das unbefriedigende Gefühl, die Situation so akzeptieren zu müssen, wie sie ist.

Mir erscheint aber weder ein Engel, noch höre ich eine mystische Stimme, die geheimnisvoll verschlüsselte Weisheiten von sich gibt. „Leb wohl, kleiner Vogel“, verabschiede ich mich, nachdem ich schon wieder viel zu lange gegrübelt habe.

Ich biege wieder auf den mit Birken und Pappeln bewachsenen Weg ein. Andächtig schaue ich in den

Himmel, daran glauben wollend, dass die Seele des kleinen Vogels dort ist. In diesem Moment fliegt ein Eichelhäher von der Birke neben mir auf. Ich erkenne, dass es ein junger Eichelhäher ist. Ich gehe weiter. Und der junge Eichelhäher begleitet mich, krächzend von Baum zu Baum flatternd, den ganzen Weg bis zurück zum Auto.

In Gedanken versunken gehe ich ins Wohnzimmer und erschrecke fürchterlich. Zuerst denke ich, Udo Lindenberg säße dort auf dem Stuhl im Wohnzimmer, da dieser im Verhältnis zum restlichen Körper einen sehr kleinen Kopf hatte und deswegen etwas unproportioniert wirkte. Aber Udo Lindenberg wäre jetzt schon längst weggeflogen. Stattdessen fängt der fremdartig erscheinende Vogel an zu brabbeln und zu quasseln, kaum dass er mich sieht. „Kalle!"

Ich freue mich riesig und gleichzeitig steigen mir fast die Tränen in die Augen. Mein erster Gedanke ist, dass er definitiv so lange weg blieb, weil er sich schämte. Ich gebe mir alle Mühe, seinen hässlichen Anblick zu überspielen und ihn freundlich willkommen zu heißen. Er sieht aus wie ein Geier. Von den Schultern aufwärts ist er komplett kahl. Nicht eine Feder schmückt mehr seinen Kopf oder seinen Hals. Er sieht aus wie ein Fass mit einem Korken obendrauf, total zerrupft und unproportioniert. Sein Antlitz hat nichts mehr mit dem hübsch gefärbten, stattlichen Raubvogelgesicht zu tun.

Als ich jedoch genauer hinsehe, erkenne ich zu meiner Beruhigung unzählige Federkiele. Wie eine Armee sind sie aufgereiht und scheinen nur darauf zu warten, wunderschöne neue Federn sprießen zu lassen. Er sieht zwar furchtbar aus, aber er lebt und er ist zurück gekommen!

Abschied

Ein Tag im Herbst
Dies ist des Herbstes leidvoll süße Klarheit,
die dich befreit, zugleich sie dich bedrängt;
wenn das kristallne Gewand der Wahrheit
sein kühler Geist um Wald und Berge hängt.
Dies ist des Herbstes leidvoll süße Klarheit...
(Christian Morgenstern, 1871-1914)

Der Wind vertreibt mit nervtötendem Gebrause die letzten Reste des Sommers. Was der Wind nicht wegfegen kann, vereint sich mit dem Regen zu einer matschigen Pampe. Draußen höre ich Eichelhähergeschrei, während ich mich mit meiner Buchführung langweile.

Resigniert wird mir bewusst, dass die Zahlen zwar recht ordentlich aussehen, aber längst nicht ausreichen, um langfristig auf einen grünen Zweig zu kommen. Die Unsicherheit, über kein regelmäßiges, zuverlässiges Einkommen zu verfügen, ist mir ohnehin lästig geworden. Außerdem ist da dieser Ruf nach mehr, nach Abenteuer und Herausforderungen. Nicht zuletzt muss ich zugeben, dass die ernüchternde Realität meinen anfänglichen Idealismus sehr getrübt hat. Zwar bin ich recht erfolgreich und habe viel erreicht. Habe es aber trotzdem nicht geschafft, die Pferdewelt in dem Maße zu verbessern, wie ich es mir wünsche. Die unglücklichen Pferde, die in kleinen Käfigen, genannt Pferdeboxen herumvegetieren, konnte ich nicht aus ihrem Elend befreien.

Die Eichelhäher schreien mittlerweile noch aufdringlicher und flattern aufgeregt im riesigen Walnussbaum herum, den ich bequem vom Schreibtisch aus betrachten kann. Sie streiten sich offensichtlich mit den Elstern um die reifen Walnüsse. Rocky und Kalle sind aber nicht dabei. Die Beiden erkenne ich anhand ihres unverwechselbaren, charakteristischen Krächzens, das sie untereinander, aber vor allem von allen anderen Eichelhähern unterscheidet.

Sie kommen immer seltener. Wehmütig denke ich daran, dass es noch gar nicht lange her ist, dass beide regelmäßig, sich durch lautes Gekrächze ankündigend, angesaust kamen.

Beim letzten Besuch landete Rocky auf dem Balkongeländer und spähte aufgeregt in das Wohnzimmer hinein, während Kalle schnurstracks in die Wohnung flog und auf der Vitrine landete. Kalle gab sein unverkennbares „Quäh" von sich, was gleichermaßen „Hallo" und „Gib mir was zu fressen" zu bedeuten schien. Er bediente sich dann aus der Mehlwurmbox, während Rocky mittlerweile etwas zögerlicher die Heuschrecken in Empfang nahm, die ich noch immer für ihn jage. Den Cashewkern, den ich ihm zum Nachtisch reichte, riss er gierig wie eh und je aus meiner Hand. Als Kalle das sah, hopste er auf den Balkon und forderte ebenfalls seinen Anteil ein.

Wir legen noch immer Nüsse in die Voliere und pfeifen aus Gewohnheit, wenn wir auf den Balkon gehen. Meistens leisten uns jedoch nur die Kohlmeisen Gesellschaft, die schon lange unsere Stammgäste sind. Emsig schnappen sie sich die für ihre kleinen Schnäbelchen viel zu großen Leckereien. Kalle kam schon länger nicht mehr in die Wohnung, sondern beschränkte seine Besuchszeit auf die Fütterung draußen auf dem Balkon. Rocky lässt sich seit einiger Zeit nicht mehr aus der Hand füttern.

Mir scheint, genau wie Kalle den unerfahrenen Rocky in der ersten Zeit dabei unterstützt hatte, draußen klar zu kommen, was ihm selbst ja leider verwehrt war, so hat die Begegnung mit Rocky letztlich Kalle dabei geholfen, sich aus dem Dazwischen zu befreien und ein richtiger Wildvogel zu werden.

So sehr ich die Beiden vermisse, die sich offensichtlich von uns abgenabelt haben, so sehr freue ich mich, dass die Beiden eine so tolle Entwicklung genommen haben, gesund und überlebensfähig sind und uns eine so aufregende und schöne Zeit bescherten.

Es ist schwer loszulassen und noch schwerer, sich für die Freiheit zu entscheiden, die soviel Unbekanntes und Unberechenbares in sich trägt. Rocky und Kalle haben es mir vorgemacht. Sie haben es geschafft. Kalle hatte schwer zu kämpfen und musste mehrmals neu anfangen. Rockys Start war ebenfalls nicht leicht. Aber letztendlich hat auch er sich zu einem stattlichen, wilden und äußerst zähen Eichelhäher gemausert.

In der Wettervorhersage kündigen sie Frost für heute Nacht an. Meine Zimmerpflanzen stehen noch alle unten im Garten. Länger kann ich es nicht hinaus zögern. In der letzten Zeit habe ich öfter angedeutet, dass wir einmal besprechen sollten, wo denn meine Pflanzen in der Wohnung Platz finden könnten. Aber meine zaghaften Versuche wurden jedes Mal mit einem: „Da findet sich schon was, wenn es soweit ist“, oder: „hm, grummel...“ abgetan.

Es hilft alles nichts. Meine Pflanzen sollen nicht wieder darunter leiden, dass ich nicht den Mut finde, mich durchzusetzen und in Kauf zu nehmen, dass das auf Kosten der sensiblen Harmonie zwischen uns geschehen würde. Also lasse ich Buchführung mal kurz Buchführung sein und schleppe meine grüne Pracht hinauf.

Einige, zum Beispiel mein geliebter Phönix und mein Trompetenbaum, finden ein Plätzchen im kühlen Treppenhaus. Die empfindlicheren Gewächse brauchen schon einen Platz in der wohligwarmen Wohnung. Also werden zunächst einmal die Fensterbänke mit mehreren Exemplaren der üppigen Grünlilien, der fetten Henne, dem Osterkaktus, der Dreimasterblume und der Goethepflanze voll gestellt. Der Bogenhanf, der in diesem Sommer ordentlich zugelegt hat, nachdem er im Frühsommer sogar geblüht hatte, findet seinen Platz in einer Ecke des Wohnzimmers neben Nicks riesigen Ficus Benjamini, der schon lange nicht mehr auf dem kühlen Balkon steht. In dessen Schatten stelle ich auch den kleinen Bruder des großen Bogenhanfes. Natürlich muss der momentan noch kümmerliche Ableger meines Drachenbaums, der letztes Jahr fast erfroren war und sich nur langsam erholt, ein warmes Quartier bekommen. Die restlichen meiner grünen Schätze verteile ich auch noch hier und da und setze mich zufrieden wieder an den Schreibtisch.

Chico schreckt aus seinem Schlaf auf, den er sich zu meinen Füßen unter dem Schreibtisch gegönnt hat. Blitzschnell ist er hellwach, gähnt und reckt sich und schlendert gemütlich schwanzwedelnd zur Wohnungstür. Dort wartet er ungeduldig fiepend auf Nick, dessen Heimkehr von der Uni allabendlich auf diese Weise angekündigt wird.

Gut gelaunt begrüße ich ihn und frage, wie jeden Abend, nach seinem Tag. „Ganz gut“, antwortet er erschöpft und gibt mir ein kumpelhaftes Küsschen. Stellt seinen Rucksack ab, geht in die Küche. Bereitet sich ein Brot zu, obwohl das Essen bereits angerichtet ist. Kauend peilt er mit seinem Brot in der Hand das Wohnzimmer an, mit dem Ziel, sich in den Sessel zu fläzen und im Fernseher herumzappend abzuschalten.

Kaum betritt er jedoch das Wohnzimmer, fällt sein Gesicht geradewegs zusammen und verzieht sich, als hätte er in eine Zitrone gebissen. Begleitet wird seine finstere Mimik durch ein entsetzlich genervtes Aufstöhnen. Dann bewaffnet er sich mit der Fernbedienung, setzt sich in die grüne Oase und straft mich mit unterdrückter Wut und Ignoranz.

In mir kocht es. In mir schäumt es. All die ungesagten Worte der letzten Tage, Wochen, Monate! Die brodelnde Suppe in mir droht gefährlich überzulaufen. Sie schwappt über die Ränder und ich verbrenne mich an ihrer Hitze. Ich brenne und will schreien. Stattdessen ziehe ich mich in die Küche zurück und zünde mir eine Zigarette an. Meine in letzter Zeit durchaus erträglichen, permanent latent penetranten Rückenschmerzen dringen in mein Bewusstsein. Wie eine zähe alienartige Masse kriecht die Verspannung unter meine Haut in jede Faser meiner Muskeln. Alle Muskeln spannen sich gleichzeitig an und verkrampfen, halten fest, damit das komplette System bloß nicht explodiert, angesichts des Drucks der brodelnden Suppe. Aber irgendwo hin muss der Druck. Also droht das System nun zu implodieren.

Um nicht panisch zu werden, versuche ich, meine Emotionen rational in den Griff zu bekommen. „Problemanalyse: ...“ Aber ich kann keinen Gedanken klar verfolgen. All die angestauten Kleinigkeiten brausen auf mich nieder wie eine Armada von Düsenjets, nehmen Kurs auf mein Herz. Dann sehe ich sie auch schon anrollen, die gewaltige Kanone, die eine Ladung grundsätzlicher Ungeklärtheiten auf mich abfeuert. „Stopp!“, versuche ich mich zusammenzureißen. „Ein offenes, respektvolles Gespräch. Alles klar. Ehrliche und bewusste Auseinandersetzung.“

Ich rauche mir noch kurz Mut an, gehe selbstbewusst in die Arena und versuche ihm zu erklären, dass meine Pflanzen mir wichtig seien, dass ich ja die ganze Zeit schon mit ihm besprechen wollte, wie wir das Platzproblem lösen könnten, etc. Ziemlich schnell schaffe ich es, aus der Pflanzen-Thematik ein Symbol für unsere Beziehung zu machen.

Er fühle sich durch meine spontane Handlung übergangen. Ich wäre unglücklich, weil ich keinen Platz in dieser Wohnung fände, weder für mich noch für meine Sachen. Er fände meine Sachen alle hässlich, deswegen sollten sie nicht hier rein. Ich bräuchte aber meine Sachen, meine Bilder, meine Pflanzen, um mich wohl fühlen zu können. „Hier ist aber nicht genug Platz dafür.“ „Deswegen würde ich ja gerne mit dir eine größere Wohnung zusammen nehmen.“ „Ich habe aber keine Lust auf den Stress, jetzt umzuziehen.“ „Wenn ich hier keinen Platz bekomme, muss ich mir schließlich auch den Stress antun, eine eigene Wohnung zu suchen.“ „Das machst Du ja eh nicht.“ „Willst Du etwa, dass ich das mache?“ „Dann hätte ich zumindest mal meine Ruhe.“

Ansichten fliegen aneinander vorbei. Bedürfnisse prallen ab. Wünsche werden nicht gehört. Vorwürfe treffen hart, reißen tiefe Verletzungen, die Narben hinterlassen. Am Ende steht die Verzweiflung, wo ich nun hingehen soll, da ich in seiner Wohnung offensichtlich nicht willkommen bin. Weil ich hier einfach nicht hingehöre. Hier habe ich kein Zuhause.

Nachts liege ich wach neben ihm. Finde keinen Schlaf wegen der turbulenten, trüben Gedanken. Auch der kitschig anmutende Sonnenaufgang mit seinen leuchtend rosaroten Tupfern auf der babyblauen Himmelsleinwand vermag mir keinen Trost zu spenden.

Ich lasse Chico zu Hause und auch Amira vertröste ich auf ein anderes Mal, während ich auf Sulamin zugehe, um ihn aufzuhalftern. Normalerweise kommt er freudig wiehernd auf mich zu und steckt freiwillig seinen Kopf in das Halfter. Aber diesmal macht er kehrt, kaum dass er mich sieht und rennt mit erhobenem Schweif davon. Erscheine ich derart abstoßend, dass sogar mein Pferd vor mir davon läuft?

Ich atme ein paar Mal tief durch und bemühe mich, eine freundliche Ausstrahlung anzunehmen. „Bitte, Sulamin, ich brauche Dich jetzt. Ich brauche jemanden, der mich trägt. Brauche einen starken Rücken und möchte einfach nur mit Dir davon rennen." Ich sehne mich nach seiner Schnelligkeit und Wildheit, nach seiner Lebendigkeit, um mich lebendig fühlen zu können.

Endlich kann ich ihn aufhalftern und lege ihm ausnahmsweise den Sattel auf. Ich brauche jetzt jede Form von Sicherheit. Wir reiten langsam los. Am liebsten möchte ich einfach losgaloppieren. Aber ich warte noch. Bis er aufgewärmt ist und ich meine Dehnübungen auf seinem Rücken absolviert habe, die meine Muskulatur auf das vorbereiten sollen, was gleich kommen wird.

Zulange schon kam Sulamin zu kurz. So manches Mal bei unseren Ausritten spürte ich sein Verlangen, einfach loszurasen. Zu rennen, bis der kühle Wind sein geschwitztes Fell noch im Lauf wieder trocknet. Bis der Takt seiner Galoppsprünge zur Meditation einlädt und Eins ist mit seinem Schnauben und dem Rhythmus der Natur. Aber mehr als ein paar langsame Galoppsprünge wagte ich schon lange nicht mehr. Nachdem ich wieder laufen konnte, war er eher ein Reittherapiepferd für mich, als ein temperamentvolles, leidenschaftliches Vollblut, das den Südwind spüren darf.

Doch heute wird er auf seine Kosten kommen. Gleichzeitig schleicht sich Unsicherheit ein. Ich kann nicht vorhersagen, ob ich nicht nach einem schnellen Ausritt wieder vermehrt Rückenschmerzen haben werde. Oder ob ich vielleicht stürze, da der Boden völlig durchgeweicht und rutschig ist. Würde meine Bandscheibe einen Sturz überstehen? Trotz meiner Befürchtungen will ich es wagen.

Endlich sind wir am ausgedehnten, abgeernteten Maisfeld angekommen und ich lasse ihn erst einmal langsam angaloppieren. Ein umgefallener Baum lädt zu einem Sprung ein. Danach ist Sulamin kaum noch zu zügeln. Ich lasse ihn und gebe mich dem rasanten Galopp hin, trotz des aufgeweichten Bodens, der seinen Hufen kaum Halt bietet. Kurz vor dem Ende des Weges versuche ich ihn durchzuparieren.

Aber er hat sich bereits derartig aufgeheizt, dass ich befürchte, ihn nicht rechtzeitig anhalten zu können. Begleitet von heftigen Bocksprüngen bleibt er endlich stehen. Sein angespannter Körper bebt. Eine falsche Bewegung von mir und er würde explodieren. Laut prustend tut er der Welt kund, dass er hier ist. Dass er bereit ist, bis ans Ende der Welt zu laufen. Er ist so energiegeladen, dass ich Acht geben muss, nicht die Kontrolle über ihn zu verlieren.

Ich selber bin ebenfalls am ganzen Körper angespannt und teile sein Verlangen loszurasen, alles hinter uns zu lassen. Aber mir ist auch ein bisschen bange. „Du musst ein bisschen runter kommen, Sulamin. Sonst endet das noch böse, was wir hier tun.“ Beruhigend streichele ich seinen Hals. Atme bewusst laut und tief aus und bemühe mich, meine angespannte Muskulatur loszulassen. „Wir müssen einen Kompromiss finden.“

Kompromisse finden. Ich habe die Schnauze voll von Kompromissen. Wo hört eigentlich arrangieren auf und wo fängt Verleugnen an?

Vorsichtig ermuntere ich ihn, sich wieder in Bewegung zu setzen und tänzelnd arbeitet er sich durch den schmierigen Untergrund. Auf jeder sich anbietenden Strecke lasse ich ihn wieder rennen. Stelle mich dazu in die Steigbügel, um meinen Rücken zu schonen. Genieße den Wind, der mir um die Ohren fegt, mir Tränen in die Augen treibt. Sulamins Ohren sind wie bei einem Rennpferd eng zurückgelegt. Sein Prusten und Schnauben begleitet harmonisch jeden seiner kraftvollen, geschmeidigen Galoppsprünge.

Wenn er jetzt ausrutschen oder vor irgendetwas scheuen würde, hätte das fatale Folgen. Aber darüber sehe ich geflissentlich hinweg. Ich möchte mich der Leidenschaft hingeben. Ich möchte die Gefahr spüren, das Adrenalin, das mir in die Beine und Arme schießt. Ich möchte Teil dieser ungezügelten Wildheit, dieses Temperaments sein. Dieser Ritt ist unser gemeinsamer Höhepunkt.

Zulange schon habe ich keine wilde Leidenschaft mehr erlebt. Zulange schon habe ich mich hinter meinem Rücken versteckt und war übervorsichtig und überängstlich.

Meine ersten Reitversuche nach meinem Bandscheibenvorfall sind noch gar nicht so lange her. Ich weiß noch, wie ich mit zitternden Beinen Sulamin bat, auf mich aufzupassen und vorsichtig zu sein, während ich mich von einer Aufstiegshilfe aus auf seinen Rücken gleiten ließ. Als hätte er verstanden, worum es ging, riss er sich zusammen, war lammfromm und bemühte sich angestrengt darum, langsame und bedachte Bewegungen auszuführen.

Ich hatte ganz von vorn begonnen. Erst nur ein paar Schritte. Dann ein paar mehr. Zehn Minuten, fünfzehn Minuten. Angespornt von Kalle, der nach seinen Unfällen jedes Mal zuverlässig wieder aufstand, arbeitete ich mich mit viel Geduld und Übung voran. Nach und nach gewann ich Zuversicht und Mut, bis ich mich auch wieder zu traben traute. Es dauerte aber noch lange, bis ich einen ersten Galopp wagte. Sobald ich schmerzfrei den ersten Galoppsprung überstand, war Sulamin wieder der Alte: wild, temperamentvoll, aber sehr fein zu reiten. Eine kontrollierbare Rennmaschine, die jedoch weiterhin untertourig gefahren wurde.

Die Glücksgefühle, die mich durchströmten, während ich langsam wieder reiten lernte, waren mindestens so überwältigend wie die Freude darüber, nach wochenlangem Herumvegetieren wieder laufen, meinen Körper wieder einsetzen zu können. Trotz vieler niederschmetternder Rückschritte, konnte ich mich doch auch über jedes kleine Vorwärtskommen freuen.

Rückblickend kann ich jetzt begreifen, dass es zwar sehr wellenförmig, aber dennoch stetig bergauf ging. Ich erinnere mich gut daran, dass mir zu der Zeit nichts wichtiger war, als gesund zu werden. Kaum dass ich wieder vernünftig laufen konnte, fasste ich den Mut, mich selbständig zu machen, was bis dato unvorstellbar für mich gewesen war. Obwohl es gut läuft, erkenne ich jetzt, dass ich mehr Sicherheit brauche. Aus einem sicheren Rahmen heraus agieren zu können, verschafft mir Freiheit.

Und was tue ich jetzt? Heule wegen ein paar Pflanzen herum und schaffe es nicht, Nick so wertzuschätzen, wie er ist. Während ich gleichzeitig von ihm einfordere, mir gefälligst Wertschätzung entgegenzubringen.

Wo hört arrangieren auf und wo fängt Verleugnen an? Diese Frage geht mir nicht mehr aus dem Kopf. Natürlich habe ich meine ganz eigenen Bedürfnisse, Gefühle und Überzeugungen. In den vergangen Monaten habe ich intensiv daran gearbeitet sie zu erkennen und zu benennen. Nach ihnen zu handeln und vor allem von dem zu unterscheiden, was andere mir glauben machen wollen, was gut für mich sei. Es ist mein gutes Recht, wenigstens zu versuchen, sie zu erfüllen und zu leben. Aber ich sollte mein Wohlbefinden nicht länger von ihrer Verwirklichung abhängig machen und schon gar nicht glauben, dass alles so sein muss, wie ich das will.

Erschöpft pariere ich Sulamin durch und steige ab. Sulamin ist, wie ich, klatschnass geschwitzt und sein Atem geht heftig durch seine weit geöffneten Nüstern. Seine großen Augen blicken mich erregt an und strahlen pure Wildheit aus. Sein Körper bebt und jeder Muskel ist angespannt. Heftig reibt er seinen Kopf an mir und fegt mich dadurch einen Schritt zur Seite. Ich übergehe diese respektlose Geste, da dieser Augenblick nicht durch Regeln, Konsequenz oder Maßregelung zerstört werden soll. Während wir einvernehmlich nebeneinander hertrottend den Nachhauseweg einschlagen, geben wir uns dem befriedigenden Gefühl hin, alles an angestauter Energie freigelassen und soeben unbändige Freiheit gekostet zu haben.

Ich blicke mich noch einmal um. Das alles liegt nun hinter mir. Das alles kann ich nun getrost loslassen. Loslassen ist ohne Frage eine der wichtigsten und schwersten Lektionen. Etwas festzuhalten ist jedoch nicht weniger leicht und nicht weniger bedeutsam.

Es ist an der Zeit, dass ich es Rocky und Kalle gleich tue. Es ist an der Zeit, eine Schwelle zu überschreiten und Weiterentwicklung Raum zu geben. Es ist an der Zeit, anzunehmen, was das Leben für mich bereithält und mir zu erlauben, damit zufrieden zu sein. Anzuerkennen, dass das ebenso für alle anderen gilt. Es ist an der Zeit, mir die Freiheit zu nehmen, mich arrangieren zu dürfen. Mir die Freiheit zu nehmen, auch einmal keine Entscheidung treffen zu müssen. Freiheit nach Jean-Jacques Rousseau: „Die Freiheit des Menschen liegt nicht darin, dass er tun kann, was er will. Sondern dass er nicht tun muss, was er nicht will."

Ich mag vielleicht nicht genau wissen, was ich eigentlich will und wohin mein Weg mich führt. Und ich verstehe vielleicht nicht, was Nick eigentlich von mir will. Aber ich weiß doch mit absoluter Gewissheit, was wir beide nicht wollen: den endgültigen Abschied.

Lieben was ist

Byron Katie

Epilog

Kalle und Rocky suchen noch heute fast täglich die Voliere auf, die noch immer unseren Balkon ziert. Gelegentlich kommen sie gemeinsam angeflogen und manchmal stopft Rocky sich allein hektisch ein paar Nüsse oder Sonneblumenkerne in den Kropf, sodass seine Beute schon zum Schnabel raus quillt. Meistens kommt Kalle jedoch ohne Begleitung vorbei, einverleibt sich in Seelenruhe die köstlichen Leckereien, brabbelt anschließend vor sich hin oder zwitschert ein Lied in seiner Voliere und gönnt sich auch hin und wieder ein kleines Nickerchen in seinem trauten Heim.

Zwar dürfen wir ihn noch durch das Fenster vom Wohnzimmer aus beobachten. Öffnen wir jedoch die Tür, fliegt er scheu davon. Ganz in der Nähe abwartend, beobachtet er uns dann argwöhnisch, aber auch neugierig und erwartungsvoll, um die Voliere aus Neue zu erkunden, kaum das wir die Balkontür wieder geschlossen haben.

Wir hoffen insgeheim, dass die beiden ein Paar sind und uns eines Tages mit ihrem Nachwuchs besuchen werden. Zwar sind Eichelhäher bereits ab dem ersten Lebensjahr geschlechtsreif, doch brüten sie oft erst im zweiten, so dass wir uns noch ein klein wenig gedulden müssen...

(Nachtrag am 31. März 2011: In der Fichte direkt gegenüber von unserem Schlafzimmer baut Kalle gerade zusammen mit einem Artgenossen ein Nest! Ob es sich um Rocky handelt, kann ich anhand des Aussehens nicht erkennen – dazu müsste ich ihn (sie?) hören, doch leider sind sie momentan zu beschäftigt, um zu quasseln.)

Sämtliche Erlebnisse mit Kalle, Rocky und deren Artgenossen, sowie die Episoden mit meinen Pferden und Chico beruhen auf wahren Begebenheiten. Die meisten anderen Personen und Begebenheiten habe ich mehr oder weniger frei erfunden.

Eines aber ist so wahr, wie die Existenz dieser außergewöhnlichen Tiere: Ohne sie und ohne die Unterstützung meines Partners hätte ich meine Krankheit (ein

Bandscheibenvorfall ist zugegebenermaßen nicht das dramatischste aller Leiden, aber doch eine sehr schmerzhafte und belastende Angelegenheit) nicht auf die Weise annehmen und überwinden können, wie es mir schließlich gelungen ist.

Ich wünsche jedem, der unter der Last seines Päckchens zuweilen zu schwer zu tragen hat, dass ihm liebenswerte Tiere und liebevolle Menschen zur Seite stehen – uneigennützig, selbstlos und im respekt- und vertrauensvollen Miteinander als Spiegel zur Selbstreflexion.

Die Zeitungsartikel über Kalle sowie Bilder und Filme von ihm und Rocky finden Sie auf der Internetseite:

www.erlebnispferdmensch.de /KALLE

Danksagung

Ich möchte mich an dieser Stelle bei den Personen bedanken, die an der Verwirklichung dieses Romans beteiligt waren. Selbstverständlich geht aus diesem Grund mein größter Dank an Kalle und Rocky für die wunderbaren Geschichten, mit denen sie mich und dieses Buch erfüllt haben.

Mein Dank gilt weiterhin meinem geliebten Partner für seine aufrichtige Liebe, seine uneigennützige Unterstützung und seinen unerschütterlichen Glauben an mich und meine Projekte. Und für sein nachsichtiges Augenzwinkern an der einen oder anderen Stelle dieser Geschichte.

Weiterhin möchte ich meiner Familie, besonders meiner großen Schwester Christine und meinen lieben Freundinnen Martina Heitmann, Sandra Wiedau und Verena Weustermann für die hilfreichen Anmerkungen und die mentale Unterstützung danken. Besonders Verena gilt ein dickes Dankeschön für die geduldige und gründliche Korrektur!

Nicht zuletzt danke ich dem Isensee-Verlag, allen voran Frau Ulrike Hallmann und Frau Stefanie Heinrich für die fachkundige und kompetente Beratung sowie für die umfassende Betreuung und Hilfestellung bei der Realisierung dieses Projekts.